O MISTÉRIO HENRI PICK

DAVID FOENKINOS

O MISTÉRIO HENRI PICK

Tradução de Julia da Rosa Simões

Texto de acordo com a nova ortografia.
Título original: *Le mystère Henri Pick*

Tradução: Julia da Rosa Simões
Capa: Ivan Pinheiro Machado. *Ilustração*: iStock
Preparação: Nanashara Behle e Marianne Scholze
Revisão: Patrícia Yurgel

CIP-Brasil. Catalogação na publicação
Sindicato Nacional dos Editores de Livros, RJ.

F68m

Foenkinos, David, 1974-
    O mistério Henri Pick / David Foenkinos ; tradução Julia da Rosa Simões. – 1. ed. – Porto Alegre: L&PM, 2022.
    280 p. ; 21 cm.

    Tradução de: *Le mystère Henri Pick*
    ISBN 978-65-5666-338-8

    1. Ficção francesa. I. Simões, Julia da Rosa. II. Título.

22-81308   CDD: 843
                  CDU: 82-3(44)

Meri Gleice Rodrigues de Souza - Bibliotecária - CRB-7/6439

© Éditions Gallimard, 2016

Todos os direitos desta edição reservados a L&PM Editores
Rua Comendador Coruja, 314, loja 9 – Floresta – 90.220-180
Porto Alegre – RS – Brasil / Fone: 51.3225.5777

Pedidos & Depto. Comercial: vendas@lpm.com.br
Fale conosco: info@lpm.com.br
www.lpm.com.br

Impresso no Brasil
Primavera de 2022

"Essa biblioteca é perigosa."

Ernst Cassirer,
sobre a Biblioteca Warburg.

PARTE I

1

Em 1971, o escritor norte-americano Richard Brautigan publicou *O aborto*[1], uma peculiar história de amor entre um bibliotecário e uma jovem de corpo espetacular. Um corpo do qual ela de certo modo era vítima, como se a beleza fosse uma maldição. Vida, este é o nome da heroína, contava que um homem morrera ao volante por sua causa. Fascinado com aquela passante extraordinária, o homem simplesmente se esquecera de dirigir. Depois da batida, a jovem correra até o carro. O motorista ensanguentado, agonizante, tivera tempo de lhe dizer, antes de morrer: "Como você é bonita".

Para falar a verdade, a história de Vida nos interessa menos do que a do bibliotecário. Pois a peculiaridade do romance está no fato de o herói trabalhar numa biblioteca que aceita qualquer livro recusado pelas editoras. Podemos nos deparar com um homem ali para deixar um manuscrito com mais de quatrocentas recusas, por exemplo. Assim, sob o olhar do narrador, a biblioteca acumula livros de todos os gêneros. Podemos encontrar tanto um ensaio intitulado *O cultivo das flores à luz de velas num quarto de hotel* quanto um livro de cozinha com todas as receitas dos romances de Dostoiévski. A vantagem daquela estrutura: o próprio autor decide o lugar de seu livro nas estantes. Ele pode folhear as páginas dos colegas de infortúnio antes de escolher um lugar para si naquela espécie de antiposteridade. Em contrapartida, não são aceitos manuscritos enviados pelo correio. É preciso levar em mãos a obra que ninguém quis, como se aquele ato simbolizasse a derradeira vontade de um abandono definitivo.

---

1. *The Abortion*, com o subtítulo *An Historical Romance 1966* ["Um romance histórico, 1966"].

Alguns anos depois, em 1984, o autor de *O aborto* deu um fim a seus dias, em Bolinas, na Califórnia. Voltaremos a falar da vida de Brautigan e das circunstâncias que o levaram ao suicídio, mas por enquanto continuemos na biblioteca nascida de sua imaginação. No início dos anos 1990, sua ideia se concretizou. Numa homenagem póstuma, um leitor apaixonado criou a "biblioteca dos livros recusados". Foi assim que a Brautigan Library, para livros órfãos de editora, nasceu nos Estados Unidos. Ela fica em Vancouver, no estado de Washington.[1] A iniciativa do fã teria comovido Brautigan, mas podemos conhecer os sentimentos de um morto? Quando a biblioteca foi inaugurada, vários jornais divulgaram o fato, noticiado também na França. O bibliotecário da cidade de Crozon, na Bretanha, sentiu vontade de fazer exatamente a mesma coisa. Em outubro de 1992, ele criou a versão francesa da biblioteca dos recusados.

---

1. É fácil encontrar informações sobre as atividades da biblioteca no site: www.thebrautiganlibrary.org.

2

Jean-Pierre Gourvec tinha orgulho do pequeno letreiro à entrada de sua biblioteca. Um aforismo de Cioran – escolha irônica para um homem que praticamente nunca saíra de sua Bretanha natal:

"Paris é o lugar ideal para fracassar na vida."

Ele era um desses homens que preferem a própria região à pátria, sem que no entanto isso o tornasse um separatista exaltado. Sua aparência podia sugerir o contrário: muito alto e magro, com veias saltadas no pescoço e tez bastante avermelhada, logo se esperava um temperamento irascível por trás daquelas características. Longe disso. Gourvec era uma pessoa ponderada e sensata, para quem as palavras tinham sentido e destino. Alguns minutos em sua companhia eram suficientes para que a primeira e falsa impressão fosse substituída por outra: a sensação de que ele era um homem capaz de se bastar a si mesmo.

Foi ele, portanto, que reorganizou as estantes da biblioteca municipal para criar espaço a todos os manuscritos que sonhavam com um refúgio. A movimentação o fez lembrar de uma frase de Jorge Luis Borges: "Tirar um livro de uma biblioteca e devolvê-lo é cansar as prateleiras". Elas devem ter ficado exaustas, pensou Gourvec, sorrindo. Ele tinha um humor de erudito, e mais: de erudito solitário. Era assim que via a si mesmo, e não estava longe da verdade. Gourvec era dotado de uma dose mínima de sociabilidade: não costumava achar graça das mesmas coisas que os moradores da região, mas sabia se forçar a rir depois de uma piada. De tempos em tempos, chegava inclusive a beber uma cerveja no bistrô do fim da rua e conversar de tudo e nada com outros homens – principalmente nada, pensava ele –, e nesses grandes momentos de excitação coletiva era capaz de se deixar levar a uma partida de cartas. Não se incomodava que pudessem considerá-lo um homem como os outros.

Sabia-se muito pouco sobre sua vida, apenas que morava sozinho. Tinha se casado nos anos 1950, mas ninguém sabia por que sua mulher o deixara depois de algumas semanas. Dizia-se que a conhecera através de um anúncio de jornal: eles tinham se correspondido por um bom tempo antes do primeiro encontro. Seria este o motivo do fracasso da relação? Gourvec talvez fosse o tipo de homem cujas ardentes declarações por escrito fossem ótimas de ler e capazes de fazer alguém largar tudo, mas por trás da beleza das palavras a realidade talvez fosse decepcionante. As más línguas também murmuravam que sua impotência é que levara a mulher a ir embora tão rápido. Teoria que parece pouco provável, mas quando a realidade é complexa as pessoas gostam de voltar ao básico. No que dizia respeito a esse episódio sentimental, portanto, o mistério continuava.

Depois da partida de sua mulher, nunca se soube de algum relacionamento duradouro seu, e ele não teve filhos. Difícil saber como foi sua vida sexual. Era possível imaginá-lo amante de mulheres incompreendidas, as Emma Bovary de seu tempo. Algumas deviam buscar entre as estantes de livros mais do que a satisfação de uma fantasia novelesca. Com aquele homem que sabia ouvir, porque sabia ler, era possível escapar de uma vida mecânica. Mas não temos nenhuma prova disso. Uma coisa é certa: o entusiasmo e a paixão de Gourvec por sua biblioteca nunca esmoreceram. Ele recebia cada leitor com especial atenção, era todo ouvidos, criava um caminho pessoal através dos livros que sugeria. Para ele, a questão não era gostar ou não de ler, mas saber encontrar o livro que correspondia a cada um. Toda pessoa podia apreciar a leitura, desde que tivesse em mãos o romance certo, que lhe agradasse, lhe falasse, e que fosse impossível de largar. Para alcançar esse objetivo, ele desenvolvera um método que parecia quase paranormal: examinando a aparência física de um leitor, era capaz de deduzir o autor de que precisava.

A energia sem fim que ele colocava em dinamizar sua biblioteca o obrigou a aumentá-la – uma imensa vitória a seus olhos, como se os livros formassem um exército cada vez mais fraco e cada resistência contra o desaparecimento programado adquirisse o sabor de uma grande revolução. A prefeitura de Crozon aprovou que contratasse uma assistente. Ele colocou um anúncio no jornal. Gourvec adorava escolher livros a serem encomendados, organizar prateleiras e várias outras atividades que envolvessem tomadas de decisão, mas a ideia de decidir algo sobre *um ser humano* o aterrorizava. No entanto, ele sonhava encontrar uma pessoa que fosse uma espécie de cúmplice literário: alguém com quem pudesse conversar por horas a fio sobre o uso de reticências na obra de Céline ou discutir as razões do suicídio de Thomas Bernhard. O único obstáculo para sua ambição é que ele sabia muito bem que seria incapaz de dizer não a quem quer que fosse. Então a escolha seria simples: contrataria a primeira pessoa que se candidatasse. Foi assim que Magali Croze se tornou funcionária da biblioteca, graças a uma inegável qualidade: a velocidade de responder a uma oferta de emprego.

3

Magali não gostava especialmente de ler[1], mas, sendo mãe de dois meninos pequenos, precisava encontrar um emprego logo. Sobretudo porque seu marido trabalhava apenas meio período na Renault. Fabricavam-se cada vez menos carros na França naquele início dos anos 1990, a crise chegava para ficar. Na hora de assinar o contrato, Magali pensou nas mãos do marido, sempre sujas de graxa. Manipulando livros o dia todo, aquele era um inconveniente pelo qual ela não correria o risco de passar. Aquela seria uma diferença fundamental: do ponto de vista das mãos, o casal seguia trajetórias diametralmente opostas.

No fim, Gourvec gostou da ideia de trabalhar com alguém para quem os livros não eram sagrados. É possível ter ótimas relações com um colega de trabalho sem precisar discutir literatura alemã todos os dias, ele reconheceu. Ele se ocupava dos conselhos aos clientes e ela cuidava da logística; a parceria se revelou perfeitamente equilibrada. Magali não era do tipo a questionar as iniciativas de seu superior, mas não pôde deixar de expressar suas dúvidas quanto àquela história de livros recusados:

– Qual o interesse de armazenar livros que ninguém quis?
– É uma ideia americana.
– E?
– Uma homenagem a Brautigan.
– Quem?
– Richard Brautigan. A senhora não leu *Dreaming of Babylon*?

---

1. Quando a viu pela primeira vez, Gourvec pensou na mesma hora: ela vai gostar de *O amante*, de Marguerite Duras.

– Não. Enfim, é uma ideia estranha. Além disso, o senhor realmente quer que as pessoas tragam seus livros para cá? Vamos atrair todos os psicopatas da região. Os escritores são loucos, todo mundo sabe. E os que não foram publicados devem ser ainda mais.

– Eles finalmente serão acolhidos. Considere isso uma obra de caridade.

– Entendi: quer que eu seja a Madre Teresa dos escritores fracassados.

– Sim, mais ou menos isso.

– ...

Magali aos poucos foi aceitando a beleza daquela ideia e tentou organizar tudo com boa vontade. Na época, Jean-Pierre Gourvec colocou um anúncio em algumas revistas especializadas, como *Lire* e *Le Magazine littéraire*. O anúncio convidava todos os autores que quisessem deixar seu manuscrito na biblioteca dos recusados a viajar a Crozon. O convite foi prontamente atendido, e muita gente se deslocou até a região. Alguns escritores cruzaram a França para se livrar do fruto de seu fracasso. A peregrinação se assemelhava a um caminho místico, a versão literária de Santiago de Compostela. Havia um grande valor simbólico em percorrer centenas de quilômetros para dar um fim à frustração de não ser publicado. Era um caminho para o apagamento das palavras. Sua força talvez fosse ainda maior devido ao departamento francês onde se localizava Crozon: Finistère, o fim da Terra.

4

Em dez anos, a biblioteca recebeu cerca de mil manuscritos. Jean-Pierre Gourvec passava seu tempo a observá-los, fascinado com a força daquele tesouro inútil. Em 2003, o bibliotecário ficou gravemente doente e passou um bom tempo hospitalizado em Brest. Foi um duplo sofrimento para ele: seu estado de saúde era menos importante do que não estar com seus livros. Do quarto do hospital, continuava passando instruções a Magali, de olho nas novidades literárias para saber que livro encomendar. Não queria perder nada do que acontecia. Colocava suas últimas forças naquilo que sempre o animara. Mas a biblioteca dos livros recusados não parecia interessar a mais ninguém, e aquilo o entristecia. Passada a excitação inicial, o boca a boca é que mantinha o projeto numa espécie de sobrevida. Nos Estados Unidos, a Brautigan Library também começava a perder a batalha. Não havia mais ninguém para acolher os livros recusados.

Gourvec saiu do hospital muito debilitado. Não era preciso ser adivinho para entender que não lhe restava muito tempo de vida. Os moradores da cidade, numa espécie de reação benevolente, foram subitamente tomados pelo desejo irrefreável de ler os livros da biblioteca. Magali fomentava essa excitação livresca artificial, compreendendo que aquela seria a última alegria de Jean-Pierre. Fragilizado pela doença, ele não percebeu que o súbito afluxo de leitores não podia ser natural. Em vez disso, deixou-se convencer de que seu trabalho finalmente frutificava. Morreria reconfortado por essa imensa satisfação.

Magali também pediu a vários conhecidos que escrevessem um romance às pressas, para encher as prateleiras dos livros recusados. Ela insistiu inclusive com a própria mãe:

– Mas não sei escrever.
– Por isso mesmo, agora é a hora. Conte suas lembranças.
– Não me lembro de nada, e minha escrita é cheia de erros.
– Não faz mal, mãe. Precisamos de livros. Pode ser até uma lista de compras.
– Ah, é? Acha que pode interessar?
– ...

No fim, sua mãe preferiu copiar a lista telefônica.

Escrever livros destinados expressamente à recusa significava afastar-se do objetivo inicial, mas não importava. Os oito textos recolhidos por Magali em poucos dias fizeram a alegria de Jean-Pierre. Ele sentiu um pequeno arrepio, sinal de que nada estava perdido. Como não poderia ser testemunha dos progressos de sua biblioteca por muito mais tempo, fez Magali prometer que ao menos conservaria os livros reunidos ao longo de todos aqueles anos.

– Prometo, Jean-Pierre.
– Os autores confiaram em nós... não podemos traí-los.
– Fique tranquilo. Eles estarão protegidos aqui. Sempre haverá lugar para os que ninguém mais quer.
– Obrigado.
– Jean-Pierre...
– Sim.
– Eu queria agradecer...
– Agradecer?
– Pela indicação de *O amante*... é tão bonito.
– ...

Ele pegou a mão de Magali e segurou-a por um bom tempo. Alguns minutos depois, sozinha em seu carro, ela começou a chorar.

*

Jean-Pierre Gourvec morreu na semana seguinte, em sua cama. As pessoas falaram sobre a figura cativante que deixaria saudade em todos. Mas a pequena cerimônia fúnebre reuniu pouca gente. O que restaria daquele homem, no fim das contas? Talvez finalmente fosse possível compreender sua obstinação em criar e aumentar a biblioteca dos livros recusados. Ela era um mausoléu contra o esquecimento. Ninguém visitaria seu túmulo, assim como ninguém leria os manuscritos rejeitados.

*

Magali cumpriu a promessa de conservar os livros já reunidos, mas não teve tempo de continuar alimentando o projeto. Fazia alguns meses que o município tentava cortar gastos em todos os setores, sobretudo o cultural. Depois da morte de Gourvec, Magali se tornou responsável pela biblioteca, mas não foi autorizada a contratar um assistente. Ela se viu sozinha. Com o tempo, as prateleiras do fundo seriam abandonadas, e o pó viria a cobrir aquelas palavras sem destinatário. Sobrecarregada de trabalho, a própria Magali quase não pensaria mais no assunto. Como ela poderia imaginar que os livros recusados virariam sua vida de ponta-cabeça?

PARTE II

1

Delphine Despero morava em Paris havia quase dez anos, por motivos profissionais, mas nunca deixara de se sentir bretã. Ela parecia mais alta do que realmente era, e não porque usava sapatos de salto. É difícil explicar como algumas pessoas conseguem parecer mais altas; será a ambição, o fato de terem sido amadas na infância, a certeza de um futuro brilhante? Um pouco de cada, talvez. Delphine era uma mulher que as pessoas queriam ouvir e seguir, de um carisma jamais agressivo. Filha de uma professora de Letras, tinha nascido entre livros. Passara a infância lendo os trabalhos dos alunos da mãe, fascinada com a cor vermelha das correções; examinava os erros, as frases mal construídas, memorizando para sempre o que não devia ser feito.

Depois do colégio, ela estudou Letras em Rennes, mas não queria se tornar professora de jeito nenhum. Seu sonho era trabalhar no mundo editorial. No verão, fazia estágios editoriais onde quer que conseguisse, ou qualquer bico que lhe permitisse entrar no meio literário. Muito cedo, sem nenhuma frustração, admitira que não se sentia capaz de escrever e que só queria uma coisa: trabalhar com escritores. Ela nunca esquecia o arrepio que sentira ao ver Michel Houellebecq pela primeira vez. Na época, fazia um estágio na editora Fayard, onde o escritor publicara *A possibilidade de uma ilha*. Ele parara um momento à sua frente – não para encará-la, digamos que para farejá-la. Ela balbuciara um *bom-dia* que ficou sem resposta e aquela lhe parecera uma conversa extraordinária.

No final de semana seguinte, de volta à casa dos pais, ela fora capaz de falar por uma hora inteira daquela cena insignificante.

Admirava Houellebecq e *seu extraordinário senso do romance*. Estava cansada de ouvir tantas polêmicas a respeito do escritor – sua linguagem, seu desespero e seu humor nunca eram suficientemente reconhecidos. Ela falava como se ambos se conhecessem desde sempre, como se o simples fato de ter cruzado com ele num corredor lhe permitisse compreender sua obra melhor que ninguém. Ela se exaltava e seus pais olhavam para ela com satisfação; no fundo, seu modo de educar consistira em fazer de tudo para que a filha se entusiasmasse, se interessasse, se maravilhasse: nesse sentido, tiveram êxito. Delphine desenvolvera a capacidade de sentir as pulsões internas de um texto. Na opinião de todos que a conheceram à época, tinha um belo futuro pela frente.

Depois de um estágio na editora Grasset, Delphine foi contratada como editora júnior. Era excepcionalmente jovem para o cargo, mas o sucesso sempre vem na hora certa; chegara à editora num momento em que a direção desejava rejuvenescer e feminizar a equipe editorial. Tornou-se responsável por alguns autores, não os mais importantes, é preciso dizer, mas autores que ficaram felizes com uma editora jovem disposta a defendê-los com toda sua energia. Ela também estava encarregada de ler os manuscritos enviados pelo correio, quando tivesse um pouco de tempo livre. E esteve na origem da publicação do primeiro romance de Laurent Binet, *HHhH*, extraordinário livro sobre o SS Reinhard Heydrich. Ao se deparar com o texto de Binet, Delphine correra até Olivier Nora, CEO da editora Grasset, para suplicar que o lesse o mais rápido possível. Seu entusiasmo foi recompensado. Binet assinou com a Grasset logo antes de a Gallimard lhe fazer uma proposta. Alguns meses depois, o livro venceu o prêmio Goncourt de romance de estreia e Delphine Despero ganhou um cargo importante dentro da editora.

2

Poucas semanas depois, Delphine teve mais uma intuição fulgurante ao se deparar com o primeiro romance de um jovem autor, Frédéric Koskas. *A banheira* contava a história de um adolescente que se recusava a sair do banheiro e decidia viver dentro da banheira. Ela nunca lera um livro como aquele, ficou fascinada com sua escrita ao mesmo tempo alegre e melancólica. Não foi difícil convencer o comitê de leitura a apoiá-la em sua certeza. A leitura do manuscrito lembrava *Oblomov*, de Gontcharov, ou *O barão nas árvores*, de Calvino, mas o tema da recusa do mundo era abordado sob um prisma contemporâneo. O grande diferencial dessa época residia no fato de que, com a disponibilidade de imagens dos cinco continentes, notícias constantes e redes sociais, os adolescentes podiam potencialmente saber tudo da vida. Então, por que sair de casa? Delphine podia falar daquele romance por horas. Koskas lhe pareceu um pequeno gênio. Ela usava essa palavra com muita parcimônia, apesar de se entusiasmar com facilidade. Mas é preciso deixar uma coisa bem clara: ela sucumbira aos encantos do autor de *A banheira*.

Antes da assinatura do contrato, eles se encontraram várias vezes: na editora Grasset, num café e, por fim, no bar de um grande hotel. As conversas giravam em torno do romance e das condições de lançamento. O coração de Koskas batia mais forte ao pensar que logo seria publicado. Aquele era seu maior sonho: ter seu nome na capa de um livro. Ele estava convencido de que, depois disso, sua vida poderia começar. Sem seu nome na capa de um romance, seria para sempre um ser flutuante e como que sem raízes. Ele comentava suas influências com Delphine, que tinha uma vasta cultura literária. Eles falavam de seus gostos, mas a conversa nunca desviava para questões mais íntimas. A jovem editora morria de vontade de saber se seu novo autor tinha alguma mulher em sua vida, mas nunca se permitiria perguntar. Ela tentava obter essa informações indiretamente, mas não conseguia. Por fim, foi Frédéric quem ousou indagar:

– Posso fazer uma pergunta pessoal?
– Sim, claro.
– Você tem namorado?
– Quer que eu seja sincera?
– Sim.
– Não tenho namorado.
– Como pode?
– Eu estava esperando por você – Delphine respondeu de repente, surpresa com a própria espontaneidade.

Na mesma hora, sentiu vontade de se desdizer, explicar que estava brincando, mas sabia que se expressara com convicção. Ninguém poderia duvidar da sinceridade de suas palavras. Frédéric, é claro, também fora responsável pelo encadeamento daquele diálogo de sedução com o seu "Como pode?". Uma pergunta daquelas subentendia um interesse de sua parte, não? Ela ficou constrangida, mesmo admitindo para si mesma que suas palavras tinham sido ditadas pela verdade. Uma forma de verdade pura e, portanto, incontrolável. Sim, ela sempre quisera um homem como ele. Fisicamente e intelectualmente. Dizem que o amor à primeira vista é o reconhecimento de um sentimento que já existe dentro de nós. Desde o primeiro encontro Delphine sentira uma perturbação, a sensação de já conhecer aquele homem, de já o ter visto em sonhos premonitórios.

Pego de surpresa, Frédéric não soube o que responder. Delphine lhe parecera *absolutamente* sincera. Quando ela elogiava seu romance, ele sempre percebia um quê de exagero. Uma espécie de obrigação profissional de demonstrar empolgação, imaginava ele. Mas, ali, seu tom revelava intenção. Precisava dizer alguma coisa, e de suas palavras dependeria o futuro da relação entre eles. Não seria melhor mantê-la à distância? Concentrar-se apenas em conversas sobre seu romance, e seus próximos romances. Mas eles tinham uma sintonia. Não podia se manter indiferente àquela mulher que o entendia tão bem, àquela mulher que estava mudando o curso de sua vida. Perdido no labirinto de suas reflexões, ele obrigou Delphine a tomar a palavra:

– Embora a atração não seja recíproca, não duvide de que publicarei seu romance com o mesmo entusiasmo.

– Obrigado por deixar isso bem claro.

– Imagine.

– Então, digamos que fiquemos juntos... – retomou Frédéric, num tom subitamente zombeteiro.

– Sim, digamos...

– Se nos separássemos, o que aconteceria?

– Você é mesmo pessimista. Nada nem começou e já está falando em separação.

– Só preciso saber uma coisa: se um dia você começasse a me odiar, enviaria todos os exemplares de meu livro para o descarte?

– Certamente. É um risco que você precisa correr.

– ...

Ele sorriu, encarando-a, e com esse olhar tudo começou.

3

Saíram do bar e caminharam por Paris. Tornaram-se turistas na cidade em que moravam, perdendo-se, caminhando sem rumo, mas conseguiram chegar ao apartamento de Delphine. Ela alugava um *studio* perto de Montmartre, bairro difícil de definir, entre o popular e o burguês. Subiram as escadas até o segundo andar: uma espécie de preliminar. Frédéric olhava para as pernas de Delphine, que, sabendo-se observada, subia lentamente. No apartamento, caminharam até a cama e se deitaram sem o menor frenesi, como se o desejo mais intenso pudesse se manifestar numa calma não menos excitante. Pouco depois, fizeram amor. E a seguir ficaram bastante tempo abraçados um ao outro, perplexos com a estranheza de se sentirem totalmente íntimos de alguém que, poucas horas antes, ainda era um estranho. Uma rápida transformação, uma linda transformação. O corpo de Delphine encontrava seu tão procurado destino. Frédéric finalmente se sentia calmo, um vazio até então não identificado se preenchia dentro dele. E os dois sabiam que o que estavam vivendo nunca acontecia. Ou só acontecia na vida dos outros.

No meio da noite, Delphine acendeu a luz:
– Precisamos falar sobre seu contrato.
– Ah... Então foi para negociar...
– Claro. Durmo com todos os meus autores antes de assinar o contrato. Fica mais fácil obter os direitos audiovisuais.
– ...
– Então?
– Sim. Sim para tudo.

4

Infelizmente, *A banheira* foi um fracasso. Mas "fracasso" talvez seja uma palavra forte demais. O que se pode esperar da publicação de um romance? Apesar de todos os esforços de Delphine Despero, de todos os seus contatos na imprensa, os poucos artigos elogiosos sobre *a inspiração romanesca de um talento promissor* não mudaram o clássico destino de um romance publicado. A publicação parece um santo graal. Muitas pessoas escrevem sonhando com esse dia, mas existe algo pior do que a dor de não ser publicado: continuar no mais completo anonimato.[1] Depois de alguns dias, não encontramos o livro em lugar algum e nos vemos, de maneira um tanto patética, vagando de livraria em livraria em busca de uma prova de que ele existiu. Publicar um romance que não encontra seu público é fazer com que a indiferença se materialize.

Delphine não poupou esforços para tranquilizar Frédéric, dizendo-lhe que aquele revés não diminuía a esperança que a editora colocava nele. Mas nada adiantava, ele se sentia vazio e humilhado. Passara anos com a certeza de um dia viver das palavras. Gostava da ideia de ser um jovem que escrevia e que logo teria seu primeiro romance publicado. Mas o que esperar agora que a realidade vestira seu sonho com roupas miseráveis? Ele não queria fingir ou simular falso enlevo com a ótima recepção crítica que seu romance recebera, como tantos outros que se pavoneavam de uma notinha de três linhas no *Le Monde*. Frédéric Koskas sempre soubera encarar sua situação com objetividade.

---

1. Richard Brautigan poderia ter criado mais uma biblioteca. A dos livros publicados de que ninguém falava: *a biblioteca dos invisíveis*.

E compreendeu que não devia mudar o que o tornava singular. As pessoas não o liam, pronto. "Pelo menos encontrei a mulher da minha vida ao publicar esse romance", consolava-se. Precisava seguir em frente, com a convicção de um soldado esquecido por seu regimento. Algumas semanas depois, começou a escrever de novo. Um romance com o título provisório de *A cama*. A única coisa que contou a Delphine, sem revelar o assunto do livro, foi:

– Se é para ser mais um fracasso, que seja mais confortável que uma banheira.

5

Eles foram morar juntos, ou melhor, Frédéric se mudou para o apartamento de Delphine. Para proteger o amor deles de comentários, ninguém na editora foi informado da união. De manhã, ela saía para trabalhar e ele começava a escrever. Decidira escrever todo o livro na cama. A escrita fornece álibis extraordinários. A profissão de escritor é a única que permite ficar embaixo das cobertas o dia todo e dizer: "Estou trabalhando". Ele às vezes voltava a dormir e devaneava, querendo acreditar que seria útil para o processo de criação. A realidade era muito diferente: sentia-se definhar. De vez em quando, pensava que aquela felicidade confortável e maravilhosa que lhe caíra na cabeça podia estar prejudicando sua escrita. Era necessário estar perdido ou fragilizado para criar? Não, que absurdo. Obras-primas tinham sido escritas em momentos de euforia, obras-primas tinham sido escritas em momentos de desespero. Pela primeira vez na vida ele tinha uma rotina estruturada. E Delphine ganhava o suficiente para os dois, enquanto ele escrevia seu romance. Não se sentia um parasita ou um aproveitador, apenas aceitara ser sustentado. Era uma espécie de pacto amoroso entre eles: afinal, ele trabalhava para ela, pois ela publicaria seu romance. Mas ele também sabia que ela seria um juiz imparcial, e que o relacionamento deles não afetaria sua opinião sobre a qualidade do livro.

Enquanto isso, ela publicava outros autores, e sua perspicácia seguia dando o que falar. Ela recusou várias propostas de outras editoras, mantendo-se profundamente fiel à Grasset, editora que lhe dera sua primeira oportunidade. Frédéric às vezes tinha pequenas crises de ciúme: "Sério? Você publicou esse livro? Mas por quê? É tão ruim". Ela respondia: "Não se torne um desses autores amargurados que consideram tudo o que os outros escrevem ilegível. Estou cansada de ter que aturar esses malditos egocêntricos o dia todo. Ao voltar para casa, gostaria de ver um autor concentrado em seu trabalho, e somente nele. Os outros não têm nenhuma importância. Aliás, publico os outros enquanto espero a hora da sua *cama*. Tudo o que faço na vida, de modo geral, é esperar a hora da cama". Delphine tinha uma maneira milagrosa de acalmar as angústias de Frédéric. Ela era uma mistura perfeita de sonhadora literária e de mulher ancorada na realidade; devia essa força às suas origens e ao amor de seus pais.

6

Seus pais, justamente. Delphine falava com a mãe todos os dias ao telefone, contava-lhe sua vida com minúcia. Ela também falava com o pai, mas numa versão abreviada, sem os detalhes inúteis. Os dois estavam aposentados havia pouco tempo. "Fui criada por uma professora de francês e um professor de matemática, o que explica minha esquizofrenia", Delphine brincava. Seu pai tinha feito carreira em Brest, a mãe em Quimper, e todas as noites eles se encontravam na casa familiar de Morgat, na comuna de Crozon. Era um lugar mágico, afastado de tudo, dominado pela natureza selvagem. Era impossível se entediar num ambiente como aquele; a simples contemplação do mar podia preencher uma vida inteira.

Delphine sempre passava as férias de verão na casa dos pais, e as próximas não seriam exceção. Ela convidou Frédéric a acompanhá-la. Seria uma oportunidade para finalmente apresentá-lo a Fabienne e Gérard. Ele fingiu hesitar, como se tivesse outra coisa a fazer. E perguntou:

– Como é a cama da casa deles?
– Virgem de homens.
– Serei o primeiro a dormir com você nela?
– O primeiro e o último, espero.
– Eu gostaria de saber escrever como suas respostas. Sempre boas, poderosas, definitivas.
– Você escreve melhor do que isso. Eu sei. Antes de todo mundo.
– Você é maravilhosa.
– Você não é de se jogar fora.
– ...

– Meus pais moram no fim do mundo. Caminharemos junto ao mar, e tudo será límpido.

– E seus pais? Quando escrevo, nem sempre sou sociável.

– Eles vão entender. Em casa, falamos o tempo todo. Mas não obrigamos ninguém a fazer o mesmo. É a Bretanha...

– O que quer dizer "É a Bretanha"? Você vive dizendo isso.

– Você vai ver.

– ...

7

As coisas não transcorreram exatamente daquele jeito. Assim que chegaram, Frédéric se sentiu calorosamente acolhido pelos pais de Delphine. Ficou claro que era a primeira vez que ela lhes apresentava um namorado. Eles queriam saber tudo. O contrário da prometida "não obrigação" de falar. Frédéric em geral se sentia pouco à vontade de falar do passado, mas logo foi interrogado sobre sua vida, seus pais, sua infância. Tentou dar provas de sociabilidade, recheando suas respostas de anedotas interessantes. Delphine tinha a impressão, com razão, de que ele as inventava para tornar sua história mais saborosa que a insossa realidade.

Gérard lera *A banheira* com atenção. Sempre é um pouco deprimente para o autor de um romance que passou despercebido se deparar com um leitor que pensa deixá-lo feliz ao comentar o livro por minutos intermináveis. A intenção era boa, sem dúvida. Frédéric, no entanto – recém-chegado, no primeiro aperitivo no terraço, de frente para aquela paisagem de beleza estonteante –, se sentiu incomodado de estragar aquele momento com um romance que, no fim das contas, era bastante medíocre. Aos poucos ele se desapegava do primeiro livro, detectando suas falhas e o esforço de querer fazer bem demais, como se cada frase precisasse ser uma prova imediata do brilho de seu autor. Os primeiros romances sempre são escritos por alunos aplicados. Somente os gênios já começam matando aula. Mas é preciso tempo para entender os ritmos de uma história, a trama das entrelinhas. Frédéric tinha a sensação de que seu segundo romance seria melhor, e pensava constantemente nele, embora nunca o comentasse com ninguém. Ele não queria dispersar suas intuições em confidências.

— *A banheira* é uma incrível parábola do mundo contemporâneo — continuava Gérard.

— Ah... — respondeu Frédéric.

— Você tem razão: a profusão gerou confusão, num primeiro momento. E agora ela produz uma vontade de abandono. Ter tudo é o mesmo que não querer mais nada. Uma equação extremamente pertinente, a meu ver.

— Obrigado. Fico constrangido com seus elogios...

— Aproveite. Não somos assim todos os dias, por aqui — ele disse, rindo com vontade.

— Há certa influência de Robert Walser em seu texto, não é mesmo? — comentou Fabienne.

— Robert Walser... eu... sim... é verdade, gosto bastante dele. Não me dei conta, mas você tem razão, sem dúvida.

— Seu romance me fez pensar na novela *O passeio*, de Walser. Ele tem um talento incrível para falar do ato de caminhar. Os autores suíços costumam ser os melhores para falar do tédio e da solidão. Há algo disso em seu livro: você torna o nada palpitante.

— ...

Frédéric ficou sem voz, sufocado de emoção. Aquelas palavras generosas, aquela atenção, há quanto tempo não recebia algo do tipo? Em poucas frases, os pais de Delphine tinham acabado de curar as cicatrizes da incompreensão do público. Ele olhou para ela, que tinha mudado sua vida, ela sorriu para ele cheia de ternura, e ele pensou que estava com muita vontade de conhecer a famosa cama em que nenhum homem jamais dormira. Naquele lugar, o amor deles parecia pairar num plano superior.

8

Depois dessa loquaz apresentação, os pais de Delphine pararam de fazer tantas perguntas a Frédéric. Os dias passaram e ele sentiu um grande prazer de escrever naquela região que não conhecia. Dedicava a manhã a seu romance; à tarde, caminhava com Delphine por lugares onde nunca cruzavam com ninguém. Era o cenário ideal para esquecer de si mesmo. Ela também gostava de lhe contar, aqui e ali, alguns detalhes de sua adolescência. O passado era recomposto em pequenas pinceladas, e agora Frédéric podia amar todas as épocas da vida de Delphine.

Delphine aproveitava seu tempo livre para reencontrar os amigos de infância – uma categoria particular de amizade, em que as afinidades são, acima de tudo, geográficas. Em Paris, ela talvez não tivesse nada a dizer a Pierrick ou a Sophie, eles tinham se tornado tão diferentes, mas ali podiam conversar por horas a fio. Um contava sua vida ao outro, ano a ano. Delphine respondia a perguntas sobre as celebridades com quem às vezes cruzava. "Muita gente superficial", ela dizia, da boca para fora. As pessoas costumam falar o que os outros querem ouvir. Delphine sabia que seus amigos de infância queriam ouvi-la criticar Paris; aquilo os tranquilizava. O tempo passava rápido com eles, mas ela tinha pressa de uma coisa: voltar para Frédéric. Estava feliz que ele se sentisse bem escrevendo na Bretanha. Recomendou seu livro aos amigos, e ouviu eles perguntarem:

– O livro foi lançado em edição de bolso?
– Não – balbuciou Delphine.

Apesar de sua crescente influência, ela não conseguira convencer ninguém a publicar em outro formato o livro que fora um fracasso total. Não havia nenhuma razão objetiva para pensar que um preço módico revertesse o destino comercial de *A banheira*.

Delphine preferiu mudar de assunto, falar dos romances que trouxera consigo. Com as novas tecnologias, não precisava carregar uma mala de manuscritos nas férias. Ela tinha duas dúzias de livros para ler durante o mês de agosto. Todos estavam armazenados em seu leitor digital. Seus amigos perguntaram sobre o que falavam aqueles romances, e Delphine precisou admitir que quase sempre se sentia incapaz de resumi-los. Ela não lera nada de memorável. Mas continuava sentindo a excitação do início de cada leitura. E se o livro fosse bom? E se ela descobrisse um autor? Seu trabalho a estimulava no mais alto grau, ela o vivia de maneira quase infantil, como se procurasse chocolates escondidos no jardim. Além disso, adorava trabalhar os manuscritos dos autores que publicava. Relera no mínimo dez vezes *A banheira*. Quando gostava de um romance, a necessidade ou não de um ponto e vírgula podia fazer seu coração disparar.

9

Aquela noite estava tão agradável que decidiram jantar ao ar livre. Frédéric pôs a mesa, com o prazer um pouco ridículo de se sentir útil. Os escritores ficam muito felizes com a perspectiva de realizar uma tarefa doméstica. Gostam de contrabalançar seus esfumaçados devaneios com uma excitação concreta. Delphine falava bastante com os pais, o que fascinava seu companheiro. Sempre têm algo a dizer, ele pensava. Com eles, não existem conversas com silêncios constrangidos. Talvez fosse uma questão de treinamento. Uma palavra puxava outra palavra. O que Frédéric constatava acentuava ainda mais sua incapacidade de se comunicar com os próprios pais. Eles teriam ao menos lido seu romance? É pouco provável. Sua mãe tentava estabelecer um vínculo mais carinhoso, mas era difícil compensar um passado de aridez afetiva. De todo jeito, ele pouco pensava nos pais. Desde quando não se falavam? Ele não saberia dizer. O fracasso de seu romance o distanciara ainda mais. Não queria ver o olhar de desprezo do pai, que, com certeza, falaria de todos os romances que, por sua vez, faziam sucesso.

Frédéric não sabia o que os pais estariam fazendo naquele verão. Já lhe parecia suficientemente estranho que estivessem juntos. Depois de vinte anos separados, haviam acabado de voltar a morar juntos. O que se passava na cabeça deles? A incapacidade de entender os pais sem dúvida era uma boa razão para se tornar romancista. Talvez um tivesse tentado viver sem o outro e, por falta de algo melhor, tivessem voltado a ficar juntos. Frédéric sofrera por constantemente ter que carregar suas coisas de um lado para outro durante a infância, e agora eles retomavam a vida familiar sem ele. Deveria se sentir culpado? A verdade era sem dúvida mais simples: eles tinham medo da solidão.

Frédéric abandonou aqueles pensamentos[1] para voltar ao presente:

– Você não fica de saco cheio de ler todos esses manuscritos? – Fabienne perguntava à filha.

– Não, adoro. Mas confesso que, nos últimos tempos, tenho me cansado um pouco. Não tenho lido nada de muito excitante.

– E *A banheira*? Como descobriu o manuscrito?

– Frédéric o enviou pelo correio, simples assim. E eu o encontrei na sala onde os manuscritos ficam armazenados. O título chamou minha atenção.

– Na verdade, deixei-o na recepção – disse Frédéric. – Passei em várias editoras, sem muita esperança. Eu nunca imaginaria que me telefonariam na manhã seguinte.

– Deve ser bastante raro acontecer com tanta rapidez, não? – perguntou Gérard, sempre alegre de participar de uma conversa, mesmo quando ela não o interessava muito.

– Quanto à velocidade da resposta, com certeza. Mas também da publicação. Na editora Grasset, apenas três ou quatro romances que chegam pelo correio são publicados por ano.

– De um total de quantos livros recebidos? – quis saber Fabienne.

– Milhares.

– Imagino que alguém se encarregue de recusar os textos. Que trabalhinho ingrato! – exclamou Gérard.

– Em geral, uma carta padrão é enviada por um estagiário – explicou Delphine.

---

1. Há quanto tempo ele não ouvia a conversa? Ninguém saberia dizer. O ser humano é dotado da capacidade única de balançar a cabeça e passar a ilusão de estar ouvindo com atenção o que se diz, enquanto pensa em outra coisa. É por isso que nunca se deve esperar ler a verdade no olhar de quem quer que seja.

– Ah, sim, a famosa carta: "Apesar das qualidades de seu texto, blá-blá-blá... Lamentamos dizer que ele não corresponde à nossa linha editorial... Receba nossas... blá-blá-blá...". A linha editorial tem costas largas.

– Verdade – Delphine respondeu à mãe. – Principalmente porque ela não existe, é apenas um pretexto. Basta consultar nosso catálogo por dois segundos para ver que publicamos livros totalmente diferentes uns dos outros.

Fez-se então um pequeno silêncio na conversa: fato raríssimo na casa dos Despero. Gérard aproveitou para completar a taça de vinho tinto de todos; era a terceira garrafa que terminavam.

Fabienne tomou a palavra, contando uma anedota local:

– Há alguns anos, o bibliotecário de Crozon enfiou na cabeça que queria guardar todos os livros recusados pelas editoras.

– Ah, é? – espantou-se Delphine, surpresa de não conhecer aquela história.

– Sim. Parece que se inspirou numa biblioteca americana. Não lembro direito dos detalhes. Lembro apenas que, na época, se falou muito no assunto. As pessoas se divertiram com a ideia. Alguém chegou a dizer que era uma espécie de lixão literário.

– Que grosseria, achei uma ótima ideia – interrompeu-a Frédéric. – Se ninguém tivesse publicado meu livro, eu talvez gostasse que ele ao menos fosse aceito em algum lugar.

– Essa biblioteca ainda existe? – perguntou Delphine.

– Sim. Tenho a impressão de que não é muito visitada, mas há alguns meses passei na biblioteca e vi que as prateleiras do fundo continuavam dedicadas aos recusados.

– Ela deve conter verdadeiras pérolas! – zombou Gérard, mas ninguém riu com ele.

Frédéric percebeu que o pai de Delphine às vezes era excluído do duo mãe-filha. Por simpatia, sorriu para Gérard, mas não chegou a rir audivelmente. Gérard recuperou a seriedade e disse que aquela iniciativa lhe parecia absurda. Enquanto matemático, ele não imaginava a existência de um lugar dedicado a todas as pesquisas científicas abortadas, ou a todas as patentes quase concedidas. Existiam marcadores e barreiras para separar o mundo do sucesso do mundo do fracasso. Ele fez outra comparação, no mínimo estranha:

– No amor, seria como se uma mulher nos dispensasse, mas ainda assim nos permitíssemos ter uma relação com ela...

Delphine e Fabienne não entenderam o paralelo, mas elogiaram a patética tentativa do homem racional tentando ser sensível. Os cientistas às vezes gostam de metáforas poéticas, mais espalhafatosas que poemas de crianças de quatro anos (estava na hora de dormir).

10

Na cama, Frédéric acariciou as pernas de Delphine, suas coxas, e colocou um dedo num ponto de seu corpo:

    – E se eu entrar aqui, você deixa? – murmurou.

11

Na manhã seguinte, Delphine propôs a Frédéric um passeio de bicicleta até Crozon, para conhecer a tal biblioteca. Em geral, ele escrevia no mínimo até uma da tarde, mas também sentiu aquela curiosidade premente. Constatar fisicamente o fracasso dos outros talvez lhe fizesse bem.

Magali ainda trabalhava na biblioteca. Ela ganhara alguns quilos. Sem saber direito por quê, deixara de cuidar de si mesma. Aquilo não começara logo depois do nascimento dos dois filhos, mas alguns anos depois. Talvez no momento em que compreendera que viveria a vida toda ali, e que teria a mesma profissão até se aposentar. Aquele destino traçado acabou, dentro dela, com qualquer vaidade em relação à aparência. E quando ela constatou que seus quilos a mais não incomodavam o marido, seguiu no caminho que a levava a não se reconhecer. Ele dizia amá-la apesar das mudanças em seu corpo. Ela poderia entender com isso que ele a amava profundamente; viu, na verdade, uma prova de indiferença.

Outra mudança importante: com o passar dos anos, ela se tornara uma apreciadora de literatura. Embora tivesse começado naquela carreira um pouco por acaso e sem o menor gosto pelos livros, agora ela conseguia dar conselhos aos leitores, guiá-los em suas escolhas. Progressivamente, a biblioteca adquirira sua cara. Ela criara um setor mais amplo para os jovens, e ateliês lúdicos com leituras em voz alta. Seus filhos, que tinham se tornado adultos, às vezes a ajudavam nos finais de semana. Dois colossos que trabalhavam na Renault, como o pai, e que se agachavam para ler às crianças a história *Da pequena toupeira que queria saber quem tinha feito cocô na cabeça dela*.

Pouca gente ainda frequentava a biblioteca dos recusados, tanto que a própria Magali quase a esquecera. Às vezes, um tipo suspeito entrava timidamente e dizia num murmúrio que ninguém quisera seu livro. E que ouvira falar daquele refúgio através de amigos escritores não publicados. O boca a boca funcionava naquela comunidade da desilusão.

O jovem casal entrou na biblioteca e Delphine se apresentou, dizendo morar em Morgat.

– Você é a filha dos Despero? – perguntou Magali.

– Sim.

– Lembro de você. Você vinha aqui quando pequena...

– Verdade.

– Enfim, sua mãe vinha bastante, tirava livros para você. Não é você que trabalha em Paris, numa editora?

– Sim, eu mesma.

– Será que nos conseguiria alguns livros, gratuitamente? – perguntou Magali, que tinha um tino comercial inversamente proporcional a seu tato.

– Hã... Sim, claro, vou ver o que posso fazer.

– Obrigada.

– Posso lhe recomendar um excelente romance, *A banheira*. E lhe passar alguns exemplares sem custo.

– Ah, sim, ouvi falar. Dizem que é horrível.

– Não, absolutamente. Aliás, apresento-lhe o autor.

– Sinto muito. Se existe qualquer possibilidade de gafe, contem comigo para cometê-la.

– Não se preocupe – tranquilizou-a Frédéric. – Eu às vezes também digo que um livro é horrível, mesmo sem tê-lo lido.

– Mas vou lê-lo. E colocá-lo em destaque. Afinal, não é todos os dias que temos uma celebridade em Crozon – redimiu-se Magali.

– Celebridade é um pouco exagerado – murmurou Frédéric.

– Sim, enfim, um autor publicado.

– A propósito... – aproveitou Delphine. – Viemos porque ouvimos falar de uma biblioteca um tanto especial.

– Imagino que esteja falando dos livros recusados.

– Exatamente.

– Fica nos fundos. Conservei-a em homenagem a seu fundador, mas deve ser uma coleção de textos ruins.

– Sim, com certeza. Mas adoramos a ideia – disse Delphine.

– Gourvec, que a fundou, ficaria feliz de saber. Ele gostava quando as pessoas se interessavam pela biblioteca. Digamos que ela foi a obra de sua vida. Ele fez do fracasso dos outros seu próprio sucesso.

– Que bonito – concluiu Frédéric.

Magali dissera aquela frase espontaneamente, sem perceber sua poesia. Deixou que o jovem casal se dirigisse ao setor dos recusados e pensou consigo mesma que fazia muito tempo que não tirava o pó daquelas prateleiras.

PARTE III

1

Poucos dias depois, Delphine e Frédéric voltaram à biblioteca. A leitura de todos aqueles livros improváveis os fascinara. Tiveram ataques de riso diante de alguns títulos, mas também momentos comoventes na seção de diários íntimos, que não deixavam de expressar certa verdade de sentimentos, apesar de mal escritos.

Ficaram a tarde inteira lá dentro, sem ver o tempo passar. Ao fim do dia, a mãe de Delphine, preocupada com a demora, esperou-os no jardim. Logo antes do pôr do sol, avistou o casal voltando para casa. Apareceram ao longe, precedidos pela luz dos faróis de suas bicicletas. Ela reconheceu a filha na mesma hora, por sua maneira muito sensata e muito ereta de pedalar. Sua chegada era anunciada por um fio de luz constante à sua frente, mecânico. O de Frédéric era mais artístico, avançava aos solavancos, sem linha mestra. Era fácil imaginá-lo tirando os olhos da estrada o tempo todo. Fabienne pensou que formavam um lindo casal: uma aliança entre o concreto e o devaneio.

– Desculpe, estávamos sem bateria. E fomos detidos.
– Por quem?
– Por algo extraordinário.
– O que aconteceu?
– Primeiro vamos chamar papai. Todos precisam estar presentes.

Delphine foi categórica ao dizer a última frase.

2

Alguns minutos depois, tomando seus aperitivos, Delphine e Frédéric contaram da tarde passada na biblioteca. Eles se revezavam para falar, e um detalhava a anedota contada pelo outro. Pareciam animados pelo desejo de fazer aquele momento durar, de não revelar rápido demais uma notícia importante. Relembraram as risadas diante de alguns manuscritos, principalmente dos mais obscenos ou dos mais sem pé nem cabeça, como *A masturbação e o sushi*, uma ode erótica ao peixe cru. Os pais de Delphine insistiam para que eles fossem direto ao ponto, mas não, eles faziam pequenos desvios, paravam para contemplar a paisagem, transformavam a viagem daquele relato numa aventura lenta e saborosa. Até o apogeu:

– Encontramos uma obra-prima – anunciou Delphine.

– É mesmo?

– No início, pensei que apenas algumas páginas seriam boas (por que não, afinal?), depois me deixei levar pela história. Não consegui largar o livro. Li-o em duas horas. Fiquei transtornada. Era um livro escrito de maneira bastante estranha, ao mesmo tempo simples e poética. Assim que acabei, passei-o a Frédéric, e nunca o vi daquele jeito. Acho que ficou abalado.

– Sim, exatamente – confirmou Frédéric, que ainda parecia chocado.

– Mas o livro é sobre o quê?

– Você pode lê-lo, trouxemos o manuscrito.

– Como assim, sem mais nem menos?

– Sim, acho que ninguém vai se importar.

– E qual o assunto do livro?

— Ele se chama *As últimas horas de uma história de amor*. É espetacular. Fala de uma paixão em vias de terminar. Por diveras razões, o amor de um casal não pode mais continuar. O livro narra seus últimos momentos juntos. Mas a força inédita da história está na narração, paralela, da agonia de Púchkin.

— Sim, Púchkin foi mortalmente ferido durante um duelo — completou Frédéric — e agonizou por horas antes de morrer. É uma ideia extraordinária misturar o fim de um amor ao sofrimento do maior poeta russo.

— O livro começa, aliás, com a frase: "Não se pode compreender a Rússia sem ter lido Púchkin" — acrescentou Delphine.

— Não vejo a hora de ler — disse Gérard.

— Você? Pensei que não gostasse de ler — disse Fabienne.

— Verdade, mas agora fiquei com vontade.

Delphine olhou para o pai. Não como filha, mas como editora. Ela entendeu na mesma hora que aquele romance poderia tocar os leitores. E, claro, a maneira como fora descoberto constituiria uma curiosidade editorial maravilhosa.

— Quem o escreveu? — perguntou a mãe.

— Não sei. Um certo Henri Pick. No manuscrito, ele diz morar em Crozon. Deve ser fácil encontrá-lo.

— Esse nome me diz alguma coisa — disse o pai. — Me pergunto se não era o dono de uma pizzaria que existiu aqui por muito tempo.

O jovem casal se virou para Gérard, que não costumava se enganar. Parecia improvável, mas tudo naquela aventura o era.

Na manhã seguinte, a mãe de Delphine também leu o livro. Ela achou a história bonita e bastante simples, mas acrescentou:

— É verdade que ela tem uma força trágica, graças ao paralelo com a agonia de Púchkin. Eu não conhecia direito esse episódio, aliás.

— Púchkin é muito pouco conhecido na França — respondeu Delphine.

– Sua morte é tão absurda...

Fabienne queria continuar falando do poeta russo e das condições de sua agonia, mas Delphine interrompeu-a para falar do autor do romance. Ficara pensando nele a noite toda. Quem podia escrever um livro como aquele sem se tornar conhecido?

Não foi muito difícil encontrar informações sobre o homem misterioso. Frédéric digitou seu nome no Google e encontrou um necrológio de dois anos antes. Henri Pick nunca saberia que seu livro encontrara leitores entusiasmados, dentre os quais uma editora. Será preciso contatar seus familiares, pensou Delphine. O necrológio mencionava o nome de uma esposa e de uma filha. A viúva morava em Crozon, e seu endereço estava nas páginas amarelas. Aquela fora a investigação mais rápida do mundo.

3

Madeleine Pick acabara de fazer oitenta anos e vivia sozinha desde a morte do marido. Por mais de quarenta anos, tinham dirigido uma pizzaria. Henri trabalhava no forno e ela servia as mesas. A vida deles sempre funcionara no ritmo do restaurante. A aposentadoria fora um grande sofrimento. Mas o corpo não aguentara. Henri tivera um ataque cardíaco. A contragosto, precisara vender a pizzaria. Às vezes, a frequentava enquanto cliente. Ele dissera a Madeleine que se sentia, nesses momentos, como um homem observando a ex-mulher com o novo marido. Nos últimos meses de vida, ele se tornara mais melancólico, distante de tudo, sem interesse por nada. Sua mulher, que sempre fora mais sociável e alegre que ele, assistira a seu naufrágio, impotente. Ele morrera na cama, alguns dias depois de caminhar por tempo demais sob a chuva; difícil dizer se aquela fora uma forma de suicídio disfarçada de imprudência. No leito de morte, parecia sereno. Madeleine agora passava a maior parte dos dias sozinhas, mas nunca se entediava. Às vezes se sentava para bordar, passatempo que achava ridículo, mas pelo qual se afeiçoara. Enquanto terminava as últimas fileiras de uma toalha, alguém bateu à porta.

Ela abriu sem receio, o que surpreendeu Frédéric. Aquela região parecia a salvo de todo tipo de apreensão com possíveis estranhos.

– Bom dia, desculpe incomodar. Estamos procurando a sra. Pick.

– Sim, sou eu mesma, até prova em contrário.

– E seu marido se chamava Henri?

– Até morrer, esse era de fato seu nome.

– Sou Delphine Despero. Não sei se a senhora conhece meus pais. Eles são de Morgat.

– Sim, talvez. Conheci tanta gente no restaurante. Mas o nome me diz alguma coisa. Você não usava maria-chiquinha e tinha uma bicicleta vermelha quando pequena?

– ...

Delphine ficou sem voz. Como aquela mulher podia se lembrar daquilo? Sim, era de fato ela. Por um breve momento, voltou a ser a menina de maria-chiquinha com sua bicicleta vermelha.

Entraram na sala de estar. Um relógio preenchia o silêncio, lembrando-os incessantemente de sua presença. Madeleine nem devia perceber. O barulho de cada segundo era sua rotina sonora. Os bibelôs espalhados por todos os lados lembravam uma loja de suvenires bretões. Era impossível ter qualquer dúvida sobre a situação geográfica daquela casa. Ela exalava Bretanha e não revelava o menor vestígio de alguma viagem para qualquer outro lugar. Quando Delphine perguntou à velha senhora se ela às vezes visitava Paris, a resposta foi ácida:

– Fui uma vez. Que inferno. A multidão, a correria, o cheiro. Francamente, fazem toda uma história em torno da torre Eiffel, mas não consigo entender.

– ...

– Aceitam algo para beber? – emendou Madeleine.

– Sim, obrigado, com prazer.

– Alguma preferência?

– O que a senhora tiver – Delphine respondeu, entendendo que seria melhor não apressar as coisas.

Madeleine se dirigiu à cozinha, deixando os hóspedes na sala. O casal, constrangido, se olhou em silêncio. Madeleine voltou com duas xícaras de chá de caramelo.

Por educação, Frédéric bebeu seu chá, embora detestasse o cheiro de caramelo mais do que tudo. Não se sentia à vontade naquela casa; ela o sufocava, e também lhe dava um pouco de medo. Ele tinha a sensação de que coisas horríveis haviam acontecido ali dentro. Acima da chaminé, uma fotografia chamou sua atenção. O retrato de um homem carrancudo, com um bigode que ocupava metade do rosto.

– É seu marido? – perguntou baixinho.

– Sim. Gosto muito dessa fotografia. Ele parece feliz. E está sorrindo, o que era bastante raro. Henri não era do tipo expansivo.

– ...

Sua última resposta dava uma dimensão concreta à teoria da relatividade: na foto, os jovens não percebiam nenhum vestígio de sorriso, sequer de alegria. O olhar de Henri, pelo contrário, parecia carregar uma profunda tristeza. Madeleine, no entanto, seguia comentando a alegria de viver que se desprendia daquele retrato.

Delphine não queria pressionar a anfitriã. Era melhor deixá-la falar um pouco de sua vida, de seu marido, antes de abordar o motivo da visita. Madeleine falou do trabalho, das horas que Henri passava no restaurante preparando tudo. Não havia muito a contar, ela acabou admitindo. *O tempo passou tão rápido*, era isso. Até então, ela parecia distante em sua maneira de falar das coisas, mas foi bruscamente tomada de emoção. Ela se deu conta de que nunca falava de Henri. Desde sua morte, ele sumira das conversas, do cotidiano e talvez até da memória de todos. Então ela começou a fazer confidências, o que não costumava fazer, sem nem mesmo se perguntar por que dois desconhecidos sentados em sua sala de estar se interessavam por seu falecido marido. Quando algo nos proporciona um bem-estar, não nos perguntamos sobre suas causas. Pouco a pouco, delineava-se o retrato de um homem sem histórias, que levara uma vida de discrição sem igual.

– Ele tinha alguma paixão? – perguntou Delphine, depois de um tempo, para acelerar um pouco a conversa.

– ...

– A senhora viu alguma máquina de escrever na pizzaria?

– O quê? Uma máquina de escrever?

– Sim.

– Não. Nunca.

– O que ele gostava de ler? – retomou Delphine.

– Ler? Henri? – ela perguntou, sorrindo. – Nunca o vi com um livro. Além da programação da televisão, ele não lia nada.

Os rostos dos dois visitantes expressavam algo entre a estupefação e a excitação. Diante do silêncio do casal, Madeleine acrescentou subitamente:

– Para falar a verdade, lembrei de uma coisa. Quando vendemos a pizzaria, passamos dias arrumando as coisas. Tudo o que acumulamos ao longo dos anos. E lembro de ter visto no porão uma caixa de livros.

– A senhora acha que ele lia no restaurante, sem seu conhecimento?

– Não. Perguntei o que a caixa continha, ele disse que eram os livros esquecidos pelos clientes ao longo daqueles anos todos. Estavam guardados caso alguém viesse procurar por eles. Na hora, achei aquilo um pouco estranho, pois não lembrava de clientes esquecendo livros nas mesas. Mas eu não estava no restaurante o tempo todo. E, depois do serviço, eu geralmente voltava para casa, enquanto ele fazia a limpeza. Ele estava muito mais presente no restaurante do que eu. Chegava às oito ou nove horas da manhã e voltava para casa à meia-noite.

– Nossa, seus dias eram longos – observou Frédéric.

– Henri gostava disso. Ele adorava as manhãs, quando ninguém o perturbava. Preparava a massa e pensava em mudanças no cardápio para os clientes não enjoarem. Adorava inventar novos sabores de pizza. Divertia-se dando nomes para elas. Lembro da Brigitte Bardot e da Stálin, com pimentões vermelhos.

– Por que Stálin? – quis saber Delphine.

– Ah, não sei direito. Ele tinha algumas manias. Gostava da Rússia. Ou melhor, dos russos. Dizia que era um povo orgulhoso, um pouco como os bretões.

– ...

– Desculpem-me, mas preciso visitar uma amiga no hospital. Esses são meus passeios, agora. Hospital, residencial geriátrico ou cemitério. O trio mágico. Mas por que queriam falar comigo?

– A senhora precisa sair agora mesmo?

– Sim.

– Nesse caso – retomou Delphine, decepcionada –, melhor voltarmos mais tarde, o que precisamos lhe dizer pode tomar certo tempo.

– Ah... Você me deixou intrigada, mas realmente preciso ir.

– Muito obrigado por seu tempo.

– De nada. Gostaram do chá de caramelo?

– Sim, obrigado – responderam Delphine e Frédéric em coro.

– Que bom. Ganhei de presente, mas não gostei nem um pouco. Então sempre o ofereço quando tenho visitas.

Diante do olhar estupefato dos parisienses, Madeleine disse que estava brincando. Com a velhice, ela se dera conta de que mais ninguém a acreditava capaz de senso de humor. Os velhos precisam ser sinistros, não entender nada de nada e ser incapazes de zombaria.

Na hora de sair, Delphine perguntou quando poderiam voltar a vê-la. Madeleine disse, com uma ponta de ironia, que tinha todo o tempo livre. Quando eles quisessem. Combinaram um encontro para o dia seguinte. A velha se aproximou de Frédéric:

– Você não parece bem.

– Ah?

– Deveria caminhar mais à beira-mar.

– A senhora tem razão. Não saio muito, é verdade.

– E o que faz?

– Escrevo.

Ela olhou para ele com consternação.

4

Assim que entrou no quarto de hospital da amiga, Madeleine falou da visita que acabara de receber. Ela se demorou na anedota do chá de caramelo, para diverti-la. Sylviane apertou sua mão, sinal de que apreciara a história. As duas mulheres se conheciam desde a infância, tinham pulado corda juntas no pátio da escola, contado uma para a outra a primeira vez com um rapaz, compartilhado os problemas da educação dos filhos. A vida assim passara, até a morte quase simultânea de seus maridos. Agora, uma partiria antes da outra.

5

Depois daquela breve visita, Delphine e Frédéric decidiram almoçar no restaurante que havia pertencido aos Pick. A pizzaria fora transformada em creperia, o que parecia mais lógico. As pessoas viajavam à Bretanha para comer crepe e beber cidra. Melhor se submeter aos ditames culinários da região. Assim, com a chegada dos novos proprietários a clientela mudara radicalmente; os clientes do bairro foram substituídos pelos turistas.

Eles contemplaram o lugar por um bom tempo, para se familiarizarem com a ideia de que Pick escrevera seu romance ali. Para Frédéric, aquilo parecia pouco provável:

– Não tem o menor charme, é quente, barulhento... Você consegue imaginá-lo escrevendo?

– Sim. No inverno, ninguém vem aqui. Não dá para perceber agora, mas por vários meses tudo fica parado. A perfeita atmosfera deprimente de que os escritores precisam.

– Verdade. Atmosfera deprimente, é o que penso ao escrever na casa de seus pais.

– Muito engraçado...

Eles riram, cada vez mais empolgados com aquela história que tomava forma. A personalidade de Madeleine os impressionara. Queriam ver sua reação no dia seguinte, quando descobrisse a atividade secreta do marido.

A garçonete[1] perguntou o que queriam. A mesma dinâmica sempre se repetia: Delphine escolhia logo o que queria comer (no caso, uma salada marítima), enquanto Frédéric hesitava por

---

[1] A dona da creperia; como no caso dos Pick, um casal estava à frente do restaurante.

vários minutos, percorrendo o cardápio, meio perdido, como um escritor diante de uma frase imperfeita. Para encontrar uma saída para aquele impasse, ele olhava o conteúdo dos pratos das pessoas a seu redor. Os crepes pareciam bons, mas que sabor escolher? Pesou os prós e os contras, mesmo sabendo-se vítima de uma maldição. Pois ele nunca escolhia o prato certo. Para ajudá-lo, Delphine aconselhou:

– Você sempre escolhe errado. Então, se quiser um crepe completo, escolha o *forestière*.

– Sim, tem razão.

A dona ouviu o diálogo sem abrir a boca, mas ao passar o pedido ao marido, disse: "É para um casal de psicopatas, cuidado". Um pouco depois, enquanto se deliciava com o crepe, Frédéric reconheceu que a namorada resolvera seu problema: ele só precisava ir contra sua intuição.

6

Durante o almoço, eles repassaram a história do manuscrito:
– Encontramos nossa Vivian Maier – anunciou Delphine.
– Quem?
– A incrível fotógrafa que só se tornou conhecida depois de sua morte.
– Sim, tem razão. Pick é nossa Vivian...
– É praticamente a mesma história. E as pessoas adoram esse tipo de coisa.

*

A HISTÓRIA DE VIVIAN MAIER
(1926-2009)

Em Chicago, uma americana um tanto excêntrica, de origem francesa, passou a vida tirando fotos, sem nunca mostrar nenhuma a ninguém, sem nunca pensar em expô-las, e com frequência sem ter dinheiro suficiente para revelar os negativos. Ela não pôde ver grande parte de seu próprio trabalho, mas tinha consciência de seu talento. Por que nunca tentou viver de sua arte? Ganhava a vida como governanta, usando vestidos largos e um inseparável chapéu antiquado. As crianças de quem cuidava nunca se esqueceram dela, e muito menos de sua câmera fotográfica, sempre a tiracolo. Mas quem poderia imaginar que seu olhar era excepcional?

Essa mulher, que acabou seus dias em meio à loucura e a indigência, deixou milhares de fotografias cujo valor, desde que foram descobertas, não para de crescer. Ao fim da vida, quando estava hospitalizada e não tinha condições de pagar a locação do box onde armazenava os frutos de sua vida artística, as caixas com suas imagens foram leiloadas. Um jovem que preparava um filme sobre a Chicago dos anos 1960 comprou o lote por uma quantia irrisória. Ele digitou o nome da fotógrafa no Google, mas nada apareceu. Depois que ele criou um site na internet para divulgar as fotografias daquela desconhecida, recebeu centenas de comentários elogiosos. O trabalho de Vivian Maier não deixava ninguém indiferente. Alguns meses depois, ele digitou de novo seu nome no buscador e dessa vez se deparou com o anúncio de sua morte. Dois irmãos tinham organizado a cerimônia fúnebre de sua antiga babá. O jovem telefonou para eles e foi assim que descobriu que a pessoa genial cujas fotos estavam em seu poder tinha passado grande parte da vida trabalhando como baby-sitter.

Este é um extraordinário exemplo de vida artística quase secreta. O reconhecimento não interessava a Vivian Maier, mostrar seu trabalho menos ainda. Hoje, sua obra é conhecida no mundo todo e ela é considerada uma das maiores artistas do século XX. Suas fotografias são impressionantes, capturam as cenas da vida cotidiana de maneira única, sob ângulos singulares. Sua fulminante e póstuma fama tem uma ligação estreita com sua incrível história. As duas são indissociáveis.

*

Para Delphine, a comparação com Pick era justificada. Ele era um pizzaiolo bretão que, em segredo absoluto, escrevera um grande romance. Um homem que nunca tentara ser publicado. Aquilo intrigaria todo mundo, sem dúvida. Ela começou a bombardear o namorado de perguntas: "Quando você acha que ele escrevia? Com que estado de espírito? Por que nunca mostrou seu livro a ninguém?". Frédéric tentava responder, como um romancista definindo a psicologia de um personagem.

7

Pick abria o restaurante cedo pela manhã, dissera Madeleine. Talvez ele escrevesse naqueles momentos, enquanto a massa da pizza descansava? E talvez ele escondesse a máquina de escrever quando a mulher chegava. Assim, ninguém saberia de nada. Todo mundo tinha um jardim secreto. O dele era a escrita. Ao que tudo indicava, não tentara publicar o romance, continuou Frédéric. Não tinha a menor vontade de compartilhar sua paixão secreta com ninguém. Talvez conhecesse a história da biblioteca dos recusados e tivesse depositado seu manuscrito diretamente lá. Mas um detalhe pareceu estranho a Delphine: por que ele assinara o manuscrito com seu nome? A qualquer momento, alguém poderia lê-lo e associá-lo à sua pessoa. Havia uma incoerência entre aquela vida secreta e o risco de ser identificado. Ele devia achar que ninguém vasculharia a biblioteca. Era como uma garrafa jogada ao mar. Escrever um livro, deixá-lo em algum lugar. Quem sabe alguém um dia o descobrisse?

Delphine pensou em outro detalhe. Magali explicara que os autores precisavam entregar os manuscritos pessoalmente. Era um tanto surpreendente que um homem com tanto apreço pelo segredo tivesse se curvado a essa exigência. Ele provavelmente conhecia Gourvec, pois haviam sido vizinhos ao longo de meio século. Como era a relação entre eles? Os bibliotecários talvez fizessem um juramento de confidencialidade, como os médicos, sugeriu Frédéric. Estariam ligados por um segredo profissional. Ou pode ser que Pick tivesse dito, ao entregar o romance: "Jean-Pierre, conto com você para não dizer nada quando vier comer uma pizza...". Um frase um tanto fraca para um gênio secreto da literatura, mas talvez as coisas tivessem de fato acontecido daquele jeito.

Delphine e Frédéric sentiam grande prazer em repassar todas as possibilidades, em tentar definir o romance por trás do romance. O autor de *A banheira* teve então uma iluminação:

– E se eu contasse essa história? Os bastidores de nossa descoberta.

– Sim, ótima ideia.

– Eu poderia chamá-la: "Os manuscritos de Crozon".

– Bela referência.

– Ou então: "A biblioteca dos livros recusados". O que acha?

– Sim, melhor ainda – respondeu Delphine. – De todo modo, desde que você publique comigo e não com a Gallimard, qualquer título me serve.

8

Naquela noite, na casa dos Despero, o famoso romance era o assunto do momento. Fabienne o achava muito pessoal: "Parece autobiográfico, e se passa aqui na região...". Delphine não se perguntara sobre a dimensão íntima do romance. Esperava que Madeleine não pensasse naqueles termos: poderia se opor à publicação. Eles teriam tempo, mais tarde, investigando a vida de Pick, de descobrir ou não ressonâncias de sua vida pessoal. A jovem editora decidiu considerar a hipótese de sua mãe um elemento positivo: quando gostamos de um livro, queremos saber mais. O que é verdade naquela história? O que o autor de fato viveu? Mais do que todas as outras artes, que são figurativas, na literatura existe uma busca incessante por intimidade. Leonardo da Vinci, ao contrário de Gustave Flaubert com Emma Bovary, nunca poderia ter dito: "A Monalisa sou eu".

Claro que não podia antecipar nada, mas Delphine já imaginava os leitores bisbilhotando a vida de Pick. Tudo poderia acontecer com aquele livro, ela sentia, ainda que nada fosse previsível. Muitos fracassos surpreendiam editores certos de ter um best-seller nas mãos; inversamente, muitos sucessos nasciam apesar de nenhuma ação especial. Por enquanto, seria preciso convencer a viúva de Pick.

Frédéric achava engraçado chamá-la de *senhora vai a pique*, mas Delphine não estava para brincadeira. A situação era séria. Ela precisava assinar um contrato. Frédéric tentava tranquilizá-la:

– Por que ela recusaria? Deve ser uma boa surpresa descobrir que passamos a vida com um Fitzgerald da pizza sem saber...

– Sim, com certeza. Mas ela também vai descobrir que viveu com um desconhecido.

Delphine imaginava o choque que provocaria. Madeleine dissera que seu marido nunca lia. Mas Frédéric talvez tivesse razão; eles anunciariam uma coisa boa. Afinal, não lhe revelariam a existência de uma outra mulher, mas de um romance.[1]

---

1. Alguns dirão que é a mesma coisa.

9

No fim da manhã, Delphine e Frédéric bateram à porta da sra. Pick. Ela abriu em seguida e os convidou a entrar. Para evitar ir direto ao ponto, falaram do tempo e da amiga doente que Madeleine visitara na véspera. Frédéric, que pedira notícias dela, era tão pouco convincente em parecer interessado que Madeleine se limitou a perguntar:

– Você realmente quer saber?

– ...

– Vou preparar um chá, então.

Madeleine sumiu na direção da cozinha, dando a Delphine tempo de fuzilar o companheiro com o olhar. No amor, às vezes nos tornamos caricaturas de nós mesmos. Para Delphine, Frédéric se tornara o protótipo do desajustado social; ele, por sua vez, a via como a ambiciosa descomedida. Ela o repreendeu, murmurando:

– Não banque o puxa-saco. Ela gosta de sinceridade, dá para ver.

– Estou tentando criar um ambiente de confiança. E não se faça de santa. Tenho certeza de que já imprimiu o contrato.

– Eu? Não. Está no meu computador, só isso.

– Eu sabia, conheço você muito bem. E vai propor quanto de direito autoral?

– Oito por cento. – ela confessou, um pouco incomodada.

– E os direitos audiovisuais?

– Cinquenta/cinquenta. A proporção habitual. Acha que pode ser adaptado para o cinema?

– Sim, daria um filme incrível. E talvez até um remake americano. A história poderia se passar em San Francisco, em paisagens mergulhadas na névoa.

– Aqui está o chá de caramelo – anunciou Madeleine, entrando de repente na sala e interrompendo a conversa dos dois sobre o contrato. Poderia imaginar que seus convidados, sonhadores, já pensavam em George Clooney para interpretar seu marido?

Incomodado com o relógio, como no dia anterior, Frédéric se perguntava como alguém conseguia pensar direito num ambiente submetido àquela ditadura sonora. Ele tentava pensar no silêncio entre os segundos, o que se revelava tão impossível quanto caminhar entre as gotas num dia de chuva. Decidiu que o melhor seria deixar Delphine falar, ela sabia o que fazer.

– A senhora conhece a biblioteca de Crozon? – ela começou.

– Sim, claro. Conheci Gourvec, o antigo bibliotecário, bastante bem, aliás. Mas por que me pergunta isso? Quer que eu pegue um livro emprestado?

– Não, absolutamente. Mencionei a biblioteca porque ela tem uma particularidade. Talvez a senhora já saiba?

– Não, não sei. Bom, chega de rodeios, me diga o que quer de mim. Não é como se eu tivesse a vida toda pela frente... – ela respondeu, no tom sarcástico que deixava seus convidados desconcertados e os impedia de sorrir com naturalidade.

Delphine se lançou então num relato que não tinha o mérito de ir diretamente ao ponto. Por que aquela jovem fora até sua casa para lhe contar a história da biblioteca local?, perguntava-se Madeleine. Conhecendo Gourvec, aquele projeto em torno dos livros recusados não a espantava. Por educação e por respeito à alma do defunto, evocara seu lado apaixonado. Mas a seus olhos ele era um pouco doido. Diziam-no culto, mas Madeleine sempre o vira como um eterno adolescente incapaz de levar uma vida de adulto. Sempre que cruzava com ele, pensava num trem descarrilado. Além disso, ela sabia coisas. Conhecera sua mulher. Todo mundo tecia hipóteses sobre o motivo de sua fuga, mas Madeleine conhecia a verdade. Ela sabia por que a mulher de Gourvec fora embora.

Para conseguir uma coisa, é preciso saber prolongar uma conversa, pensava Delphine. Por isso ela enchia de detalhes a história da biblioteca, alguns simplesmente inventados. Frédéric olhava para ela com fascínio, perguntando-se se não era ela que deveria ter sido romancista. Pintava com incrível perspicácia uma época que só conhecera de longe. Parecia animada por um desejo sincero. Até que Delphine finalmente entrou no assunto, fazendo perguntas sobre Henri. A viúva falava dele como se ainda estivesse vivo. Ela disse, olhando para Frédéric:

– A poltrona em que você está sentado era dele. Ninguém podia usá-la. Quando ele voltava para casa, tarde da noite, gostava de se acomodar nela. Era seu momento de descanso. Eu gostava de observá-lo, com seu ar sonhador; aquilo lhe fazia bem. É preciso dizer que trabalhava o tempo todo. Um dia, tentei calcular o número de pizzas que ele tinha feito na vida. Acho que mais de dez mil. Não é pouca coisa. Por isso gostava de sua poltrona...

Frédéric quis mudar de lugar, mas Madeleine o impediu:

– Não precisa, isso não vai trazê-lo de volta.

Aquela mulher, que parecia dura e ao mesmo tempo irônica, agora passava uma imagem claramente mais humana e sensível. A mesma coisa acontecera na véspera. Quando ela falava do marido, sua verdade transparecia: a dor de ser viúva. Delphine hesitou: talvez a revelação a desestabilizasse demais? Por um momento, pensou em desistir e compartilhou o que pensava com Frédéric, através de um olhar.

– Mas por que está me fazendo todas essas perguntas sobre o passado? – quis saber Madeleine.

Sua pergunta não obteve resposta. Fez-se um silêncio constrangido, em que até o barulho do relógio pareceu menos intenso aos ouvidos de Frédéric – ou será que começava a se acostumar com ele?

Por fim, Delphine respondeu:

– Na biblioteca dos recusados, encontramos um livro escrito por seu marido.

– Por meu marido? Está brincando?

– O manuscrito foi assinado por um certo Henri Pick e, pelo que sabemos, não existe outro Henri Pick. Além disso, ele morava em Crozon, então só pode ser o seu marido.

– Meu Henri escreveu um livro? Francamente, eu ficaria espantada. Ele nunca me escreveu sequer um bilhete. Ou poema. É impossível. Não consigo imaginá-lo escrevendo!

– Mas o livro é dele. Talvez escrevesse um pouco no restaurante, todas as manhãs.

– E ele nunca me deu flores.

– Não vejo relação... – comentou Delphine, surpresa.

– Eu sei... Eu disse por dizer...

Frédéric achou muito bonita a relação com as flores. Era uma associação magnífica da mente de Madeleine, como se as pétalas fossem a transposição visual da capacidade de escrever.

10

A velha senhora retomou a conversa, embora lhe desse pouquíssima credibilidade. Talvez alguém tivesse escrito o nome de seu marido no livro e usado sua identidade?
– Impossível. Gourvec só aceitava manuscritos entregues em mãos. E a entrega data dos primórdios da biblioteca.
– Espera que eu confie em Gourvec? Quem disse que ele não utilizou o nome de meu marido?
– ...
Delphine não soube o que dizer. Afinal, Madeleine estava certa. Até o momento, exceto pelo nome no manuscrito, nada provava que o romance tivesse de fato sido escrito por Pick.
– Seu marido gostava da Rússia... – lembrou-se Frédéric.
– A senhora nos disse.
– Sim, e daí?
– O romance fala do maior poeta russo, Púchkin.
– Quem?
– Púchkin. Um autor pouco lido na França. É preciso realmente amar a cultura russa para escrever sobre ele...
– Não exagere. Não é porque ele criou uma pizza Stálin que conhecia Puchiquim. Vocês dois são realmente estranhos.
– Melhor que a senhora leia o romance – decidiu Delphine. – Tenho certeza de que reconhecerá a voz de seu marido. É muito comum as pessoas terem uma paixão secreta e não quererem compartilhá-la. Talvez a senhora também tenha uma?
– Não. Gosto de bordar. E não vejo por que eu esconderia isso de Henri.

– E segredos? – emendou Frédéric. – A senhora certamente escondeu algo de seu marido ao longo da vida. Todo mundo tem segredos, não?

Madeleine não gostou do rumo que a conversava tomava. Quem eles achavam que eram? Não conseguia acreditar naquela história de romance. Henri... escritor? Ora essa... Ele não escrevia nem o cardápio do dia no quadro do restaurante. Como poderia teorizar sobre um poeta russo? E uma história de amor. Era o que eles tinham acabado de dizer. Henri, escrevendo uma história de amor? Ele nunca lhe escrevera sequer uma mensagem de afeto. Um romance inteiro, então, era impossível. As únicas mensagens que lhe deixara se referiam à logística da pizzaria: "Lembre-se de comprar farinha; ligue para o marceneiro, para as cadeiras novas; precisamos de mais Chianti". Aquele homem teria escrito um romance? Ela não acreditava; mas sabia que as pessoas podiam surpreender. Já ouvira tantas histórias de vidas paralelas!

Então começou a pensar em tudo que Henri não soubera sobre ela. Sua parte íntima e inacessível. Todas as coisas que ela conseguira esconder dele, as omissões da verdade; ele conhecia seus gostos e seu passado, suas aversões e sua família, mas o resto lhe era desconhecido. Não sabia nada de seus pesadelos e de seus sonhos de ver o mundo, do amante que ela tivera em 1972 e da dor de nunca mais o ver, ele não sabia que ela adoraria ter tido outro filho, apesar do que dizia – a verdade era bem diferente: ela não podia mais engravidar. Quanto mais pensava, mais conseguia admitir que seu marido a conhecia de maneira incompleta. Então também admitiu que aquela história de romance podia ser verdadeira. Ela caricaturara Henri; ele não lia, é verdade, e não parecia se interessar por literatura, mas ela sempre achara que ele tinha uma maneira particular de encarar a vida. Ela dizia que ele tinha grandeza de espírito: não julgava as pessoas, sempre esperava antes de emitir uma opinião sobre alguém. Era um homem com grande senso de comedimento, à vontade com a ideia de retirar-se do mundo para compreendê-lo. Refinando seu retrato, ela tornava menos impossível imaginar seu marido como um escritor.

    Alguns minutos depois, inclusive, disse para si mesma que era possível. Improvável, sim, mas possível. E havia outro elemento a ser levado em consideração: ela gostava daquela ideia. Queria acreditar em qualquer coisa que lhe permitisse estar com Henri novamente – da mesma forma que outros recorrem ao espiritismo. Talvez ele tivesse deixado aquele romance para ela? Para surpreendê-la com aquele retorno. Para dizer que ainda estava ali. Aquele romance murmurava sua presença nos ouvidos dela, para que o passado pudesse continuar vivo. Então ela perguntou:

– Posso ler o livro?

11

Na volta para Morgat, Frédéric tentou amenizar a decepção da namorada. Não era tão ruim eles ainda não terem mencionado a ideia de publicar o livro. Precisavam avançar sem pressa, permitir que ela aos poucos digerisse aquela revelação. Depois que lesse o romance, ela não teria a menor dúvida. Um livro como aquele não podia ser deixado na sombra por mais tempo. Ela sentiria um grande orgulho, sem dúvida, por ter vivido com o homem que escrevera aquele romance. Sempre poderia dizer que o inspirara. Não havia idade para se começar a carreira de musa.

12

Os leitores sempre encontram a si mesmos nos livros, de um modo ou de outro. Ler é um prazer totalmente egoísta. Inconscientemente, buscamos algo que fale conosco. Os autores podem escrever as histórias mais descabidas e as mais improváveis, eles sempre encontrarão algum leitor que dirá: "É incrível, você escreveu minha vida!".

No que diz respeito a Madeleine, essa impressão era compreensível. Seu marido provavelmente escrevera um romance. Então ela buscava, mais do que ninguém, ressonâncias de sua vida. Ficou desconcertada com sua maneira de descrever a costa bretã, bastante sumária para um homem que tinha a região no sangue. Talvez fosse uma maneira de dizer que o lugar não importava. O que contava era a intimidade, a precisão das emoções. E havia tantas. Ela ficou surpresa com as descrições sensuais, para não dizer eróticas, do livro. Aos olhos de Madeleine, seu marido sempre fora atencioso, mas um pouco rude; gentil, mas não exatamente romântico. No romance, os sentimentos entre os personagens eram tão delicados! E era tudo tão triste! Eles se abraçavam antes de se despedirem. Eles se tocavam com um frenesi desesperado. Para falar das últimas horas de um amor, o autor utiliza a metáfora de uma vela que se consome lentamente, numa agonia luminosa. A chama resiste de maneira imperiosa, parece morta, mas sobrevive de forma tão bonita, dura horas, abrigando a esperança.

Como uma expressividade tão intensa pudera desabrochar em seu marido? Para falar a verdade, a leitura do romance fazia Madeleine mergulhar em sua própria história de amor. Tudo lhe voltava à memória. Lembrou que no verão de seus dezessete anos fizera uma viagem de dois meses com os pais pelo norte da França, para visitar familiares. Henri e ela já estavam apaixonados, e a separação fora muito dolorosa. Tinham passado uma tarde inteira abraçados, tentando memorizar cada parte do corpo do outro, prometendo pensar constantemente naquele amor. Ela tinha esquecido completamente daquele episódio. No entanto, era fundamental. Aquela longa separação consolidara o amor entre eles. Em setembro, quando se reencontraram, prometeram que nunca mais se separariam.

    Madeleine ficou profundamente tocada com a leitura. Seu marido conservara o medo de perdê-la e o registrara em palavras. Ela não entendia por que nunca lhe contara nada, mas ele devia ter seus motivos. Agora ela tinha certeza. Henri escrevera um livro. Madeleine abandonou a incredulidade inicial e se rendeu à nova realidade.

13

Assim que terminou a leitura, Madeleine ligou para Delphine. Sua voz mudara, estava cheia de emoção. Tentou dizer que o romance era lindo, mas não conseguiu. Preferiu convidar o jovem casal para uma visita no dia seguinte.

Durante a noite, acordara e relera algumas páginas aqui e ali. Com aquele romance, Henri voltava para ela quase dois anos depois de morrer, como se lhe dissesse: "Não me esqueça". Fora o que ela fizera. Não totalmente, é claro; pensava nele com frequência. Mas, no fundo, acostumara-se a viver sozinha. Sua força e sua coragem tinham sido elogiadas, mas não fora tão difícil assim. Ela se preparara para o desenlace final e o recebera de maneira quase pacífica. Acostumar-se ao insuportável era mais fácil do que parecia. E agora Henri voltava para ela na forma de um romance.

Com a chegada do jovem casal, Madeleine tentou colocar em palavras o que sentia:

– Esse retorno de Henri não deixa de ser estranho. Tenho a impressão de que não o conhecia.

– Ora, não diga isso – respondeu Delphine. – Era seu segredo. Ele não devia acreditar em si mesmo, só isso.

– Você acha?

– Sim. Pode ser que não tenha lhe dito nada para fazer uma surpresa. Mas, como ninguém quis publicá-lo, ele guardou o livro num canto. Mais tarde, quando Gourvec criou a biblioteca dos recusados, pensou que seria perfeito.

– Talvez. Quer dizer, não entendo muito, mas achei muito bonito. E a história do poeta também é muito interessante.

– Sim, é um romance realmente magnífico – repetiu Delphine.

– Acho que ele se inspirou em nossa separação de dois meses, quando tínhamos dezessete anos – acrescentou Madeleine.

– É mesmo? – perguntou Frédéric.

– Sim. Enfim, ele mudou muita coisa.

– Normal – disse Delphine. – É um romance. Mas se a senhora disse que encontrou a si mesma, então não há dúvida.

– Provavelmente.

– A senhora ainda parece não ter certeza.

– Não sei. Me sinto um pouco perdida.

– Entendo – disse Delphine, colocando a mão sobre a de Madeleine.

Depois de um momento, a velha senhora continuou:

– Meu marido deixou um monte de caixas no sótão. Não posso mais subir lá. Quando ele morreu, Joséphine deu uma olhada.

– Sua filha? – perguntou Delphine

– Sim.

– E ela encontrou algo interessante?

– Não. Ela me disse que tinha encontrado cadernos de contabilidade e os arquivos do restaurante. Mas precisamos subir até lá de novo. Ela só deu uma olhada. Talvez ele tenha deixado alguma explicação, ou outro livro.

– Sim, precisamos olhar – confirma Frédéric, antes de ir ao banheiro.

Na verdade, ele queria deixar Delphine a sós com Madeleine, pois sentia que ela começaria a falar da publicação.

Frédéric passeou um pouco pela casa, examinou o quarto do casal. Viu pantufas masculinas, sem dúvida de Henri.[1] Contemplou-as por um momento e a partir delas teve uma visão

---

1. Será que alguma mulher guardaria suas pantufas depois que ele morresse?, perguntou-se Frédéric.

de Pick. Ele era como Bartleby, o herói de Herman Melville. O escriturário que dizia *preferir não fazer*, em sua tenaz vontade de eximir-se de qualquer ação. Aquele personagem se tornara um símbolo de renúncia. Frédéric sempre gostara daquele tipo de contestação social, e se inspirara nele para *A banheira*. Podia-se dizer a mesma coisa de Pick. Ele de certa forma rejeitara o mundo com sua atitude, como que guiado por uma vontade de se manter à sombra, na contracorrente de uma época em que todos queriam brilhar.

PARTE IV

1

Nos corredores da editora, rumores de um grande livro começavam a circular. Delphine entendera que devia comentá-lo o mínimo possível antes do lançamento, deixando-o envolto em mistério e, por que não, também em algumas inverdades. Quando perguntavam de que se tratava, ela respondia laconicamente: um falecido autor bretão. Algumas frases tinham o dom de encerrar uma conversa.

2

Frédéric fingia estar com ciúme: "Você só tem olhos para Pick, agora. E minha *cama*, não interessa mais?". Delphine às vezes o tranquilizava com alguma frase, às vezes com seu corpo. Ela se vestia como ele gostava, para que ele a despisse como ela gostava. O desejo entre eles não precisava de artifícios para se manter intenso, e o amor físico continuava sendo o tipo de conversa mais fluente entre eles. O tempo corria desde que se conheceram, uma aceleração em que os minutos nem sempre lhes permitiam respirar. O cansaço, no entanto, parecia um território inacessível.

Em outros momentos, precisavam encontrar as palavras certas. O ciúme de Frédéric por Pick voltava amiúde. Delphine ficava irritada com as criancices passageiras do namorado. O excesso de escrita pode infantilizar. Quando ele bancava o incompreendido, ela sentia vontade de sacudi-lo. No fundo, porém, gostava daqueles medos. Sentia-se útil para aquele homem, percebia suas fragilidades não como falhas insuperáveis, mas como arranhões superficiais. Frédéric era um falso fraco, sua força se escondia em suas hesitações. Para escrever, ele precisava daquelas duas energias contraditórias. Ele se sentia perdido e melancólico, mas uma ambição concreta inundava seu coração.

Outra coisa a ser levada em conta: Frédéric odiava marcar encontros. Nada o cansava mais que a ideia de se encontrar com alguém num café para conversar. Considerava incongruente aquela maneira que os seres humanos tinham de se encontrar para falar de suas vidas por uma hora ou duas. Preferia conversar com a cidade, isto é, caminhar. Depois de escrever pela manhã, percorria as ruas tentando observar um pouco de tudo, principalmente as mulheres. Às vezes passava na frente de uma livraria, e era sempre uma experiência amarga. Entrava naquele ambiente feito para deprimir qualquer pessoa que publique um romance e se sentia mal procurando seu livro. Já não era possível encontrar *A banheira* em lugar algum, é claro, mas talvez algum livreiro tivesse esquecido de devolver um exemplar ao editor ou quisesse mantê-lo em suas prateleiras? Ele buscava uma prova de sua existência, torturado por uma dúvida. Realmente publicara um livro? Precisava de um beliscão da realidade para ter certeza.

Um dia, cruzou por acaso com uma ex-namorada, Agathe. Ele não a via havia mais de cinco anos. Eram outros tempos. Ao avistá-la, mergulhou mentalmente numa época em que não era o mesmo homem. Agathe conhecera um Frédéric inacabado: uma espécie de rascunho de si mesmo. Ela estava mais bonita, como se a seu lado não tivesse desabrochado. A separação não tinha sido dramática, mas resultado de um comum acordo – palavra fria que compara a relação a um contrato e que lembra o comum acordo da falta de amor. Eles se davam bastante bem, mas não se viam desde o rompimento. Tinham parado de se ligar, de mandar notícias. Não havia mais nada a dizer. Haviam se amado e deixado de se amar.

Inevitavelmente, perguntaram um ao outro sobre o presente:

– O que tem feito? – perguntou Agathe.

Frédéric sentiu vontade de responder: "Nada". Mas acabou dizendo que estava escrevendo seu segundo romance. Ela se interessou:

– Ah? Você publicou um livro?

Parecia feliz de saber que ele finalmente realizara seu sonho, sem imaginar que acabava de apunhalá-lo pelas costas. Quando nem a mulher que ele amara, com quem vivera três anos, de cujo cheiro ele lembrava perfeitamente, sabia da publicação de *A banheira*, o fracasso se tornava insuportável. Ele fingiu ficar feliz com aquele reencontro inesperado e foi embora sem fazer nenhuma pergunta. Ela pensou consigo mesma que ele não mudara nada, que tudo sempre girava em torno de seu umbigo. Nunca poderia imaginar que o machucara tanto.

Aquela era uma ferida narcísica de um novo tipo: envolvia o chamado *círculo íntimo*. De certo modo, Agathe não podia ignorar que ele publicara um romance. Estupefato com a importância que atribuía a esse fato, preferiu colocar um fim àquela conversa. Depois, subitamente, decidiu ir atrás dela. Felizmente, ela caminhava devagar – aquilo não mudara. Agathe parecia caminhar como as pessoas que leem um romance sem perder uma vírgula. Depois de alcançá-la, ele a observou por alguns segundos antes de murmurar o nome dela em seu ouvido. Ela se virou, assustada:

– Ah, é você! Que susto.

– Sim, me desculpe. Achei que falamos muito pouco. Você não me contou nada sobre si mesma. Aceita tomar um café?

3

Madeleine ainda não conseguia aceitar a ideia de que o marido não lhe dissera nada sobre sua paixão literária. Seu passado adquiria outra tonalidade, como um quadro ou uma paisagem contemplados do ponto de vista oposto. Ela se sentia incomodada, e hesitava em mentir. Poderia muito bem dizer que sabia que Henri escrevera um livro. Quem a contradiria? Mas não, não podia fazer isso. Precisava respeitar seu desejo de silêncio. Mas por que ele lhe escondera tudo? Aquelas poucas páginas criaram um abismo entre eles. Ela imaginava que ele não havia escrito um livro como aquele em duas semanas. O romance lhe ocupara meses, talvez anos de trabalho. Todo aquele tempo, ele vivera com aquela história na cabeça. E à noite, quando deitavam um ao lado do outro, ele decerto continuava pensando em seu romance. Mas, quando falava com ela, era sempre sobre problemas com clientes ou fornecedores.

Outra pergunta a obcecava: Henri teria gostado que seu romance fosse publicado? Afinal, ele o colocara naquela biblioteca, em vez de destruí-lo. Talvez esperasse ser lido, mas nada era certo. Como ela podia saber o que ele queria ou não queria? Tudo estava tão confuso agora. A publicação seria uma maneira de fazê-lo voltar à vida, ela pensou. No fim, era só isso que importava. As pessoas falariam sobre ele, ele viveria de novo. Aquele era o privilégio dos artistas, vencer a morte com suas obras. E se aquele fosse apenas o início? E se ele tivesse feito outras coisas na vida que seriam descobertas mais tarde? Talvez fosse daqueles homens que só existem plenamente na própria ausência.

Desde que ele morreu, ela nunca mais subiu ao sótão. Henri tinha várias caixas de papelão guardadas lá em cima, coisas acumuladas ao longo dos anos. Ela não sabia o que encontraria. Joséphine dera uma passada rápida no sótão; seria preciso procurar mais a fundo. Talvez encontrasse outro romance? Mas a manobra era complicada. Envolvia subir uma escadinha dobrável, coisa que ela não podia fazer. Pensou: aquilo era conveniente, ele poderia guardar o que quisesse lá em cima, certo de que ela não subiria. Precisava da filha. Aproveitaria para falar do romance de seu pai. Madeleine não conseguira abordar o assunto antes. Não se falavam com muita frequência, mas uma revelação como aquela deveria ter sido compartilhada mais cedo. A verdade era que a história do romance mergulhara Madeleine numa nova relação com o marido, uma relação a dois na qual não conseguia inserir a presença da filha. Mas não podia mantê-la à parte por mais tempo. O livro logo seria publicado. Joséphine certamente reagiria como ela, ficaria estupefata. Madeleine temia aquele momento por um motivo suplementar: sua filha a cansava.

4

Um pouco acima dos cinquenta anos, divorciada, Joséphine desistira completamente de si mesma. Não conseguia dizer duas frases sem ficar ofegante. Alguns anos antes, quase ao mesmo tempo, as duas filhas e o marido tinham saído de casa. As duas primeiras para viver suas vidas, o segundo para viver sem ela. Depois de se doar totalmente à construção de um cotidiano em que cada um se sentisse realizado, ela se vira sozinha. Os efeitos de seu choque emocional oscilavam entre a melancolia e a agressividade. Havia algo de aflitivo em ver aquela mulher conhecida por sua energia e franqueza afundando num desânimo cinzento. Poderia se tratar de uma crise passageira, uma provação a ser superada, mas a dor se enraizava, enxertando uma nova pele triste e amarga sobre seu corpo. Felizmente, ela amava seu trabalho. Era dona de uma butique de lingerie e passava os dias num casulo que a protegia da brutalidade do mundo.

As duas filhas de Joséphine tinham ido para Berlim abrir um restaurante juntas, e ela as visitara algumas vezes. Perambulando por aquela cidade moderna e ao mesmo tempo marcada pelas cicatrizes do passado, viu que era possível passar por desgraças através da aceitação, não do esquecimento. Era possível construir a felicidade sobre as bases do sofrimento. Mas era mais fácil falar do que fazer, e as pessoas tinham menos tempo que as cidades para se reconstruir. Joséphine falava bastante com as filhas ao telefone, mas não se sentia reconfortada; queria vê-las. O ex-marido também telefonava de tempos em tempos, para saber como ela andava, mas aqueles momentos eram penosos, uma espécie de pós-vendas da separação. Ele minimizava a felicidade de sua nova vida, embora estivesse profundamente feliz sem ela. Claro que ele não gostava de pensar nos estragos que causara, mas chega uma idade em que a urgência impede de recusar um prazer.

As conversas entre eles tinham se espaçado e, no fim, acabado. Fazia vários meses que Joséphine não falava com Marc. Recusava-se inclusive a pronunciar seu nome. Não queria tê-lo na boca: aquela era sua minúscula vitória contra seu próprio corpo. Mas ele ocupava constantemente sua mente. E Rennes também, onde sempre viveram e onde ele agora vivia com a nova companheira. Aquele que vai embora deveria ao menos ter a delicadeza de se mudar para longe. Joséphine considerava a cidade onde vivia como uma grande cúmplice de sua tragédia sentimental. A geografia sempre toma o partido dos vencedores. Joséphine vivia com medo de cruzar com o ex-marido, de ser uma testemunha involuntária de sua felicidade, então não saía mais de seu bairro, *a capital de sua dor.*

A essa perda era preciso acrescentar a morte de seu pai. Não haviam sido exatamente próximos, pois ele era econômico em demonstrações de afeto. Mas sempre fora uma presença protetora. Quando criança, ela passava horas no restaurante vendo-o fazer pizzas. Ele inclusive criara uma especialmente para ela, de chocolate, e a chamara de Joséphine. Ela ficava fascinada com aquele pai capaz de enfrentar com tanta coragem o imenso forno. E Henri gostava de sentir o olhar admirado da filha sobre si. Aos olhos de uma criança, é tão fácil ser um herói. Joséphine pensava bastante naquela época passada; nunca mais conseguiria entrar numa pizzaria. Gostava da ideia de suas filhas terem seguido no ramo de restaurantes, fazendo crepes bretões para os alemães. Era assim que uma família traçava seu fio condutor. Mas o que restava, agora? A dor do divórcio acentuara a dor da falta do pai. Se ela descansasse a cabeça em seu ombro talvez tudo se arranjasse, como antes. O corpo dele como uma muralha contra tudo. Corpo que às vezes aparecia para ela em sonhos bastante realistas – mas ele nunca lhe dirigia a palavra durante essas visitas noturnas. Sobrevoava seus sonhos como fizera em vida, num silêncio tranquilizador.

Joséphine admirava uma qualidade de seu pai: ele não perdia tempo criticando as pessoas. Decerto o fazia em pensamento, mas não desperdiçava inutilmente sua energia. Era visto como introvertido, mas a filha sempre o considerara uma espécie de sábio fora de sincronia com o mundo. E agora ele não existia mais, seu corpo se decompunha no cemitério de Crozon. Ela também. Estava viva, mas sua razão de viver estava morta e enterrada. Marc não queria mais saber dela. Madeleine ficara triste com a separação, mas não entendia por que a filha não seguia em frente. Vinda de uma família muito modesta e tendo passado pela guerra, lamúrias sentimentais lhe pareciam privilégios contemporâneos. Para Madeleine, a filha deveria *refazer sua vida* em vez de ficar choramingando. Aquilo horrorizava Joséphine. O que ela fizera de errado para que lhe pedissem para refazer o que quer que fosse?

Pouco tempo antes, Joséphine começara a frequentar a paróquia de seu bairro. Encontrava um leve reconforto na religião. Para falar a verdade, não era a fé que a atraía, mas o ambiente – um lugar atemporal, que não estava submetido às brutalidades e aos contratempos da vida. Acreditava menos em Deus do que na casa de Deus. Suas filhas se preocupavam com aquela transformação, julgando-a pouco compatível com o antigo pragmatismo, bastante pronunciado, da mãe. De longe, elas a incentivavam a sair, a ter uma vida social, mas ela seguia apática. Por que queriam a todo custo que sua ferida cicatrizasse? Tinha o direito de não se recuperar de um coração partido.

Para agradar as amigas, no entanto, ela aceitara alguns encontros às cegas. Todos foram catastróficos. Um homem a levara de carro até sua casa, colocara a mão entre suas coxas em busca do clitóris antes mesmo de beijá-la. Surpresa com aquele ataque no mínimo abrupto, ela o empurrara com força. Nem um pouco desencorajado, ele então lhe cochichara no ouvido palavras obscenas, para não dizer asquerosas, pensando excitá-la. Joséphine caíra na gargalhada – sem querer, mas que coisa boa: fazia muito tempo que não ria daquele jeito. Desceu do carro sem conseguir parar de rir. O sujeito se arrependeu de sua pressa, lamentando ter sugerido algemá-la logo na primeira noite, mas lera em algum lugar que as mulheres adoravam aquilo.

5

Na estrada, Joséphine repassou as palavras da mãe: "Você precisa vir, é urgente". Não quisera dizer mais nada por telefone. Apenas afirmara que nada de ruim acontecera. Aquela era uma situação bastante rara, para não dizer inédita. Madeleine nunca pedia nada à filha; para falar a verdade, quase não se falavam. Era a melhor coisa a fazer para que suas diferenças não ficassem evidentes demais e evitar discussões. O silêncio continuava sendo o melhor antídoto. Se Madeleine estava cansada das queixas da filha, Joséphine, por sua vez, teria desejado um simples gesto de carinho, um abraço da mãe. Mas sua aparente frieza não devia ser vista como uma rejeição. Era uma questão geracional. Não havia menos amor, mas menos demonstração de amor.

Quando voltava a Crozon, Joséphine dormia no quarto de sua infância. As lembranças sempre vinham à tona: ela se via menina traquinas, adolescente mal-humorada e jovem mulher provocante. Todas as Joséphine se reuniam, numa espécie de retrospectiva. Ali, nada mudava. Até sua mãe parecia a mesma mulher sem idade. Naquele dia também.

Joséphine beijou a mãe e logo perguntou qual era a emergência. A mãe preferiu não se apressar, preparar um chá e se sentar com calma.

– Descobri uma coisa sobre seu pai.
– O quê? Não me diga que ele teve outro filho.
– Claro que não.
– Então o quê?
– Descobriram que ele escreveu um romance.
– Papai? Um romance? Que bobagem.

– Mas é verdade. Eu o li.

– Ele nunca escreveu nada. Nos cartões de aniversário, a letra era sempre sua. Nenhum cartão-postal, nada. E você quer que eu acredite que ele escreveu um romance?

– Estou dizendo que é verdade.

– Ah, sim, sei o que está tentando fazer. Acha que estou deprimida, então inventou uma bobagem qualquer para me fazer reagir. Li um artigo sobre isso, é a "mitoterapia", não é mesmo?

– ...

– Não entendo por que você se incomoda se vejo a vida em preto e branco. A vida é minha, e pronto. Você está sempre feliz. As pessoas adoram seu jeito, sua ótima personalidade. Bom, desculpe-me por não ser como você. Sou fraca, ansiosa, triste.

Em resposta, Madeleine se levantou para buscar o manuscrito, que entregou à filha.

– Está bem... Acabou? Aqui está o livro.

– Mas... o que é isso? Um livro de receitas?

– Não. Um romance. Uma história de amor.

– Uma história de amor?

– E o livro vai ser publicado.

– O quê?

– Sim, conto os detalhes depois.

– ...

– Pedi que viesse para subir ao sótão. Você já esteve lá em cima, mas apenas rapidamente. Talvez procurando melhor encontre mais coisas.

Joséphine não respondeu, hipnotizada pela primeira página do manuscrito – que tinha o nome de seu pai bem no alto: Henri Pick. E um título bem no meio:

As últimas horas de uma história de amor

6

Joséphine ficou confusa por um bom tempo, entre incrédula e estupefata. Madeleine entendeu que a exploração do sótão precisaria esperar. Sobretudo porque a filha tinha acabado de começar as primeiras páginas do livro. Joséphine lia muito pouco, para não dizer nunca. Preferia as revistas femininas ou de celebridades. O último livro que lera tinha sido *Obrigada por este momento*, de Valérie Trierweiler. O assunto do livro a interessara. Ela se identificara totalmente com a história daquela mulher traída. Se pudesse, teria escrito um livro sobre Marc. Mas aquele imbecil não interessaria a ninguém. Joséphine achava que a ex-companheira de François Hollande tinha ido longe demais, mas aquela mulher já não se importava com o que pensavam sobre ela. Expressar seu sofrimento, o que se assemelhava a uma vingança, se tornara mais importante que sua própria imagem. Era uma kamikaze do amor, tendo preferido romper completamente com o passado. Somente a dor podia levar a isso. Joséphine a entendia. Ela também se expunha demais às vezes, em sua relação com as outras mulheres, ou cansando as pessoas a seu redor com queixas incessantes sobre seus fracassos pessoais. Aqueles sentimentos a deixavam confusa. O homem odiado se tornava uma entidade obscura, de realidade deformada, um monstro à altura do desespero da mulher ferida; um homem que já não existia da maneira como era descrito ou pensado.

Joséphine continuava lendo. Não reconhecia a voz de seu pai, mas por acaso alguma vez o imaginara capaz de escrever um livro? Não. Mesmo assim, o que experimentava naquele momento fazia eco a uma sensação que ela nunca soubera definir. Várias vezes tivera a impressão de não saber o que o pai pensava. Parecia um homem insondável, e aquilo se acentuara nos últimos anos, depois que ele se aposentara. Passava horas contemplando o mar, como se estivesse preso em si mesmo. No fim do dia, saía para beber cerveja com os frequentadores do bar da esquina, mas nunca parecia bêbado. Sempre que cruzava com um conhecido na rua, Joséphine notava que ele não falava muito, apenas pedaços de frases nem sempre distintas. Ela estava convencida de que os fins do dia no café serviam para burlar o tédio. Agora percebia que todos aqueles silêncios e aquela maneira de aos poucos se apagar do mundo talvez escondessem sua natureza poética.

Joséphine disse que a história a lembrava do filme de Clint Eastwood, *As pontes de Madison*.

– Quem? Que ponte? – perguntou sua mãe.
– Nada, não...
– Vamos ao sótão?
– Sim.
– Então levante-se.
– Não consigo acreditar nessa história toda.
– Eu também não.
– Nunca conhecemos ninguém, muito menos os homens – disse Joséphine, incapaz de ficar mais de dois minutos sem relacionar tudo à sua própria vida.

Ela foi buscar a escadinha dobrável para subir ao sótão. Abriu o alçapão e, dobrada em dois, entrou naquele cômodo empoeirado. Seu olhar foi logo atraído para um cavalinho de madeira com que ela gostava de brincar quando criança. E para um quadro escolar. Tinha esquecido que seus pais guardavam tudo do passado. Jogar fora o que quer que fosse não era da natureza deles. Também encontrou todas as suas bonecas, que tinham a estranha particularidade de estarem sem roupas; todas usavam apenas calcinha. É incrível como eu já era obcecada por roupas íntimas, pensou Joséphine. Um pouco à frente, viu uma pilha de aventais de seu pai. Uma vida profissional resumida em alguns pedaços de pano. Por fim, viu as caixas de que sua mãe falara. Abriu a primeira e fez uma descoberta crucial.

PARTE V

1

Delphine explicou o teor do projeto aos representantes comerciais da editora Grasset. Aqueles homens e mulheres percorreriam a França para anunciar aos livreiros que um livro muito peculiar seria lançado. Para a jovem editora, aquela primeira apresentação a terceiros seria um teste importante. Eles ainda não tinham lido o romance: como reagiriam à história por trás da publicação? Ela pedira a Olivier Nora, dono da editora, um pouco mais de tempo para contar todos os detalhes da descoberta. Desde o início, o romance do romance teria uma importância crucial. Nora concordou, entusiasmado com aquele projeto como raramente costumava ficar. Estupefato, repetira várias vezes: "Você estava de férias na casa de seus pais e descobriu uma biblioteca de livros recusados? É inacreditável...". Homem de grande elegância, e de fleuma um tanto britânica, ele esfregara as mãos com a alegria de uma criança que acabava de ganhar bolinhas de gude.

O prazer de apresentar o romance de Pick deixava Delphine ainda mais radiante. Com seus sapatos de salto, ela se impunha sobre a sala de reuniões, sem no entanto oprimi-la. Falava com segurança e suavidade. Transmitia a certeza de ter descoberto um autor de raro talento escondido num falecido pizzaiolo. Todos pareceram muito motivados com a ideia de promover aquela publicação. Logo planejaram sua disposição nas vitrines, raríssima para um primeiro romance. "A editora acredita muito no livro", anunciou Olivier Nora. Um representante comercial disse que se lembrava daquela biblioteca na Bretanha. Lera um artigo sobre ela muitos anos atrás. Sabine Richer, responsável pela região da Touraine e apaixonada por literatura americana, falou do romance de Richard Brautigan, na origem daquela ideia. Era um livro que ela adorava, uma epopeia para chegar ao México, um *road book* em que o autor aproveitava para falar com ironia da Califórnia dos anos 1960. Jean-Paul Enthoven, editor e escritor da Grasset, saudou de maneira particularmente elogiosa a erudição de Sabine. Ela ficou vermelha.

Delphine nunca participara de uma reunião como aquela. Aquelas horas de trabalho em grupo geralmente passavam de maneira tediosa, todos tomando notas dos detalhes dos livros que seriam lançados. Daquela vez, algo estava acontecendo. Ela era bombardeada com perguntas. Um homem num terno pequeno demais quis saber:

– E como será a divulgação?

– Estamos em contato com a viúva. Uma bretã idosa, de oitenta anos, cheia de humor. Ela não sabia da vida secreta do marido, e posso garantir que é comovente vê-la falar a respeito.

– Ele escreveu outros livros? – perguntou o mesmo homem.

– A princípio, não. A viúva e a filha vasculharam todos os seus papéis. Não encontraram nenhum outro manuscrito.

– Em contrapartida – disse Olivier Nora –, elas fizeram uma descoberta importante, não é mesmo, Delphine?

– Sim. Encontraram um livro de Púchkin: *Eugene Onegin*.

– E por que isso seria importante? – perguntou outro representante comercial.

– Porque Púchkin está no centro do romance. No livro que a viúva descobriu, Pick sublinhou algumas frases. Ainda preciso ver o exemplar. Ele talvez tenha deixado algum indício, ou tentado dizer alguma coisa ao marcar certos trechos.

– Tenho a impressão de que não chegamos ao fim de nossas surpresas – acabou dizendo Olivier Nora, para atiçar ainda mais o interesse de todos.

– *Eugene Onegin* é um sublime romance em verso – continuou Jean-Paul Enthoven. – Há alguns anos, ganhei-o de uma russa. Uma mulher encantadora e muito culta, aliás. Ela tentou me explicar a beleza da linguagem de Púchkin. Nenhuma tradução poderia recriá-la.

– E esse tal de Pick falava russo? – perguntou outra pessoa.

– Não que eu saiba, mas ele adorava a Rússia. Tinha inclusive criado uma pizza Stálin – acrescentou Delphine.

– E quer que utilizemos esse argumento para apresentar o livro às livrarias? – zombou o mesmo homem, despertando uma gargalhada geral.

A reunião continuou assim por um bom tempo, em torno daquele romance tão particular. Pouco espaço foi deixado para as outras obras que seriam lançadas no mesmo período. É assim que a vida de um livro costuma ser decidida; nem todos nascem com as mesmas chances. O entusiasmo do editor é determinante, ele tem filhos preferidos. O livro de Pick seria o principal lançamento de primavera da editora Grasset, que esperava que o sucesso se prolongasse até o verão. Olivier Nora não queria esperar o mês de setembro para publicá-lo durante a *rentrée littéraire* francesa e concorrer aos grandes prêmios de outono. Aquele período do ano era violento e agressivo, era possível que as pessoas não vissem no livro uma bela história, apenas uma armadilha editorial à la Romain Gary: elas se perguntariam quem se escondia por trás de Pick, embora não houvesse ninguém. A descoberta de um romance sob aquelas condições era simplesmente inacreditável. Mas às vezes era preciso acreditar em histórias inacreditáveis.

2

Hervé Maroutou aproveitou o breve silêncio que se fez para abordar um ponto que considerava importante. Fazia anos que ele percorria o leste da França, três dias por semana, tendo criado laços de amizade com muitos livreiros. Conhecia os gostos de todos, o que lhe permitia personalizar as apresentações do catálogo. O representante comercial é um elo essencial da cadeia do livro, o vínculo humano com a realidade – quase sempre uma realidade difícil. Ano após ano, com o fechamento das livrarias, suas turnês encolhiam; ele estava literalmente ficando sem rumo. Até quando aquilo duraria?

Os defensores do livro maravilhavam Maroutou. Juntos, eles formavam uma muralha contra o mundo que chegava, um mundo que não era nem melhor, nem pior, mas que não parecia ver o valor essencial do livro na cultura. Hervé frequentemente cruzava com seus concorrentes, e desenvolvera um laço especial com Bernard Jean, que trabalhava para o grupo Hachette. Encontravam-se nos mesmos hotéis e compartilhavam o cardápio completo, "especial para representantes", que a rede Ibis oferecia. Durante a sobremesa[1] de uma dessas refeições, Hervé falou de Pick. Bernard Jean perguntou: "Não é um pouco estranho publicarem um autor recusado?". Aquela pergunta, feita enquanto um deles degustava uma torta normanda e o outro uma musse de chocolate, fora antecipada por Hervé Maroutou durante a reunião na editora Grasset. Ele sempre estava um passo à frente.

Perguntara a Delphine:

---

1. No cardápio, a seção de sobremesas era pomposamente intitulada "Festim de iguarias".

– Não é um pouco arriscado publicar um livro explicitando que ele foi encontrado numa prateleira de textos recusados?

– Nem um pouco – respondeu a editora. – A lista de obras-primas rejeitadas por editores é longa. Vou disponibilizar uma para vocês, para terem a resposta na manga.

– É verdade – suspirou uma voz.

– Além disso, não há provas de que Pick tenha enviado seu manuscrito para alguma editora. Na verdade, estou convencida de que o levou diretamente para a biblioteca dos recusados.

Sua última frase mudava tudo. Aquele talvez não fosse um livro recusado, apenas um livro que nunca tivesse sido destinado à publicação. Era pouco provável que se conseguisse verificar aquela hipótese: as editoras não costumavam guardar em seus arquivos as listas de manuscritos devolvidos a seus autores. Delphine se preparara para responder com segurança e vigor a todas as perguntas. Não queria deixar brechas para qualquer dúvida. Então falou da grandeza de não querer ser publicado, de viver sem qualquer tipo de reconhecimento. "Um gênio da sombra, é disso que se trata", ela acrescentou. Numa época em que todo mundo queria ser reconhecido a todo custo, por qualquer coisa, surgia um homem que passara meses criando uma obra destinada ao pó.

3

Depois da reunião, Delphine compilou alguns exemplos para reforçar a ideia de que a recusa não representa um valor qualitativo. *No caminho de Swann*, de Marcel Proust, é um dos mais famosos. Tantas páginas e análises foram escritas sobre sua recusa que, reunidas, elas formariam um romance mais extenso que a própria obra. Em 1912, Marcel Proust é conhecido principalmente por seu gosto pela vida mundana. Por isso não o levam a sério? Sempre se reconhece mais o mérito dos eremitas, as qualidades dos taciturnos e enfermiços são mais louvadas. É impossível ser genial e frívolo ao mesmo tempo? Basta ler um parágrafo do primeiro volume de *Em busca do tempo perdido* para perceber sua qualidade literária. Na Gallimard, o comitê de leitura da época era composto por escritores famosos, como André Gide. Dizem que ele apenas folheou o livro e não o leu, e que, armado de seus preconceitos, se deparou com expressões que julgou estranhas[1] e frases mais longas que uma noite de insônia. Proust não foi levado a sério e se viu obrigado a publicar de forma independente o romance, com dinheiro do próprio bolso. André Gide confessaria, mais tarde, que aquela recusa foi "o maior erro da NRF". A Gallimard por fim se retratou, publicando Proust. Em 1919, o segundo volume do ciclo, *À sombra das raparigas em flor*, venceu o Prêmio Goncourt, e há um século seu escritor recusado é considerado um dos maiores de todos os tempos.

Poderíamos citar outro exemplo emblemático: *Uma confraria de tolos*, de John Kennedy Toole. O autor, cansado com a

---

1. Como a descrição de um personagem que *parece ter vértebras na testa* (imagem magnífica, diga-se de passagem).

incessante litania de recusas, se suicidou em 1969, aos 31 anos. Na epígrafe de seu romance, com uma ironia premonitória, usara a seguinte frase de Jonathan Swift: "Quando um verdadeiro gênio aparece no mundo, pode-se reconhecê-lo por um sinal: todos os tolos conspiram contra ele". Como é possível que esse livro tão potente em seu humor e sua originalidade não tenha encontrado editor? Depois de sua morte, a mãe do autor lutou por anos a fio para realizar o sonho de publicação do filho. Sua obstinação foi recompensada, e o livro se tornou amplamente conhecido em 1980, fazendo um imenso sucesso internacional. O romance se tornou um clássico da literatura americana. A história do suicídio de seu autor, desesperado por não ser lido, sem dúvida contribuiu para que passasse para a posteridade. As obras-primas costumam ser acompanhadas por um romance do romance.

Delphine reunira aqueles exemplos, portanto, para o caso de insistirem demais nas possíveis recusas de Pick. Também aproveitara para aprofundar seus conhecimentos sobre Richard Brautigan. Ouvira vários autores se referirem a ele, como Philippe Jaenada[1], mas nunca tivera a oportunidade de lê-lo. Às vezes criamos uma imagem de um autor somente por causa de um título. *Dreaming of Babylon*, por exemplo, traduzido para o francês como *Un privé à Babylone*[2], fazia Delphine associar Brautigan a uma versão hippie do inspetor Marlowe. Uma mistura de Bogart e Kerouac. Lendo-o, porém, ela descobrira sua fragilidade, seu humor, sua ironia; e toques de melancolia. Ela o aproximou de outro autor americano que tinha acabado de descobrir, Steve Tesich, com seu romance *Karoo*. Por outro lado, não fazia a menor ideia do motivo do fascínio de Brautigan pelo Japão, um país que frequentava tanto sua obra quanto sua vida. Em seu diário,

---

1. Um escritor que ela apreciava tanto pelo estilo literário quanto pela aparência de urso malicioso, mas que não via mais desde que ele deixara a Grasset para voltar à Julliard, sua primeira editora.
2. Um detetive particular na Babilônia. (N.T.)

ele escrevera a seguinte frase, sublinhada por Delphine, no dia 28 de maio de 1976:

> "Todas as mulheres são tão sedutoras no Japão que as outras devem ter sido afogadas ao nascer."

Para voltar à história da recusa, Brautigan também penou para publicar seu livro, recebendo várias negativas. Antes de se tornar o autor emblemático de toda uma geração, antes dos hippies o cultuarem, ele passou vários anos praticamente na miséria. Sem dinheiro para pagar uma passagem de ônibus, ele chegava a caminhar três horas para chegar a um encontro; mal tendo o que comer, não recusava um sanduíche oferecido por um amigo. Aqueles anos difíceis foram marcados pelas recusas dos editores. Ninguém acreditava nele. Livros que mais tarde se tornariam enormes sucessos mal recebiam um rápido olhar de desprezo. A ideia da biblioteca dos livros recusados nasceu naquele período em que seus textos eram desdenhados por todos. Ele sabia muito bem o que significava ser um artista incompreendido.[1]

---

1. Como se o reconhecimento consistisse em *ser compreendido*. Ninguém jamais é compreendido, certamente não os escritores. Eles frequentam reinos de emoções imprecisas e, na maior parte do tempo, não compreendem a si mesmos.

4

À medida que o lançamento se aproximava, e apesar das reações entusiasmadas dos livreiros e dos críticos, Delphine se sentia cada vez mais estressada. Era a primeira vez que ficava tão angustiada. Ela sempre se envolvia muito com seus projetos, mas o livro de Pick a levava a um inédito estado febril, à sensação de estar às portas de algo maior.

Todas as noites, Delphine telefonava para Madeleine para saber como ela estava. Delphine gostava de acompanhar seus autores, e sentia ainda mais essa necessidade com a viúva do escritor. Será que ela tinha ideia do que aconteceria? Precisava preparar aquela senhora idosa para se ver no centro das atenções. Delphine tinha medo de virar sua vida de pernas para o ar; ela não pensara naquilo. Às vezes se sentia desconfortável de tê-la convencido a publicar o romance do marido. Aquele não era o papel clássico de um editor; seu ato poderia ser visto como um ataque ao destino e, quem sabe, como uma falta de respeito à vontade do autor.

Frédéric, por sua vez, lutava para escrever seu romance. Naqueles períodos de dificuldade literária, ele penava com as palavras em geral: era incapaz de saber o que dizer para tranquilizar Delphine. A falta de inspiração contaminava todo o relacionamento, fazendo o casal se perder numa página em branco. A aventura iniciada em Crozon de maneira excitante, e até alegre, tornava-se um projeto estressante e opressivo. Eles faziam amor cada vez menos, brigavam cada vez mais. Frédéric se sentia mal, ficava dentro do apartamento o dia todo, andando em círculos, esperando o retorno da namorada como se ela fosse a prova da existência de outras pessoas. Ele sentia necessidade de atrair sua atenção, como uma criança mimada. Um dia, anunciou friamente:

– Esqueci de contar: vi minha ex.
– Ah?
– Sim, cruzei com ela na rua por acaso. Tomamos um café.
– ...

Delphine não soube o que dizer. Não que estivesse com ciúme, mas o tom vingativo escolhido por Frédéric para anunciar o ocorrido a surpreendera. Com sua formulação brutal, ele parecia dar importância à informação. O que havia acontecido? A bem da verdade, nada. Quando ele correra atrás dela e a convidara para um café, ela respondera que não podia. Ele considerara aquilo uma segunda humilhação. O que era ridículo: ela só lhe dissera coisas agradáveis. Frédéric deformava a realidade, interpretando dois fatos anódinos como sinais de desprezo. Agathe talvez tivesse um compromisso com alguém, e não era culpa dela se o livro de seu ex-namorado não repercutira o suficiente para chegar até ela. Frédéric se recusava a ver as coisas assim; talvez fosse o início de alguma forma de paranoia.

– E então, foi legal? – perguntou Delphine.
– Sim. Conversamos por duas horas, não vi o tempo passar!
– Por que está me dizendo isso?
– Só para você saber, mais nada.
– Está bem, mas estou passando por um momento angustiante. E com bons motivos, você sabe muito bem. Então poderia ao menos ser mais delicado.
– Está bem, mas não fiz nada. Vi minha ex, não dormi com ela.
– Bom, vou para a cama.
– Já?
– Sim, estou exausta.
– Viu, eu sabia.
– O quê?

– Você não me ama mais, Delphine. Você não me ama mais.
– Por que está dizendo isso?
– Nem brigar comigo você quer.
– Ah? Isso que é amor para você?
– Sim. Inventei tudo só para ter certeza...
– Como assim? Inventou?
– Sim. Apenas cruzei com ela. Não tomamos um café juntos.
– Não entendo. Não sei mais onde está a verdade.
– Só estou com vontade de brigar.
– Brigar? Quer que eu quebre um vaso para deixá-lo feliz?
– Por que não?
Delphine se aproximou de Frédéric:
– Você está louco.
A cada dia ela se dava mais conta disso. Sabia que não seria fácil viver com um escritor; mas ela o amava, ela o amava tanto, desde o primeiro instante. Então disse:
– Você quer brigar, meu amor?
– Sim.
– Agora não, porque estou morta. Mas logo mais, meu amor. Logo mais...
E os dois sabiam que ela sempre cumpria suas promessas.

5

A jovem editora esperara que o livro fizesse sucesso, ela o desejara a ponto de perder o sono, mas imaginara um fenômeno como aquele? Não, nunca. Sua mente, capaz dos sonhos mais loucos, nunca poderia conceber os improváveis acontecimentos que se seguiriam.

Tudo começou com o frenesi dos meios de comunicação. Eles se apropriaram da história, que julgaram *absolutamente fora do comum*. Eram um pouco hiperbólicos, mas nossa época tem facilidade para o exagero. Em poucos dias, o livro de Pick chegou ao topo da vida literária. O romance e toda a história da publicação, é claro. Os jornais agora tinham um tema empolgante para abordar, uma história para contar. Um jornalista, amigo de Delphine, ousou uma estranha comparação:

– É como o último Houellebecq.

– Ah, é? Por que diz isso? – ela perguntou.

– *Submissão* é o maior sucesso de Houellebecq. Maior que seu prêmio Goncourt. Mas é seu pior livro. Cheguei a pegar no sono. Francamente, para quem gosta de Houellebecq, está muito abaixo de tudo o que ele escreveu. Embora tenha um excepcional senso da narrativa, não há exatamente uma história. E as poucas páginas boas sobre sexualidade e solidão são reformulações do que ele já escreveu, e não tão bem escritas.

– Está sendo muito duro.

– Mas todo mundo quis lê-lo, porque a ideia é absolutamente brilhante. Em dois dias, a França inteira só falava nisso. Até perguntaram ao presidente da República, em entrevista: "O senhor vai ler o novo Houellebecq?". Para a divulgação de um livro, difícil conseguir mais do que isso. É um romance que se sustenta na polêmica, é notável.

– Sempre que Houellebecq lança um livro é assim. Sempre falam a torto e a direito sobre o conteúdo de seus romances. Mesmo assim, ele é um grande escritor.

– A questão não é essa. Com *Submissão*, ele foi além do romance. Ele entrou antes de todo mundo numa nova era. O texto já não tem importância. O que conta é passar uma ideia potente e única. Uma ideia que dê o que falar.

– O que isso tem a ver com Pick?

– O livro é menos diabólico, menos brilhante, e não foi escrito por um gênio da comunicação, mas todo mundo está falando sobre ele, sem que o texto tenha a menor importância. Você poderia ter publicado um catálogo da IKEA e ainda faria sucesso. O livro, aliás, nem é tão bom. É lento em certas passagens, e um pouco clichê. A única parte realmente interessante é a agonia de Púchkin. No fundo, é um livro sobre a morte absurda de um poeta.

Delphine não compartilhava do ponto de vista do jornalista. Claro que o fabuloso impulso comercial do romance de Pick estava ligado ao contexto de sua descoberta, mas ela não acreditava que aquilo explicasse tudo. Recebera vários comentários de leitores comovidos com o livro. Ela própria achava o texto formidável. Mas sobre um ponto seu amigo tinha razão: falava-se muito mais do mistério Pick do que de seu livro. Vários jornalistas entravam em contato para saber mais sobre o pizzaiolo. Alguns tentavam reconstituir sua vida. Quem era ele? Em que época escrevera o livro? E por que não quisera ser publicado? Queriam respostas para todas essas perguntas. Em pouco tempo, certamente haveria revelações sobre o autor de *As últimas horas de uma história de amor*.

6

Sucesso chama sucesso. Quando o romance ultrapassou a marca de 100 mil exemplares vendidos, vários jornais falaram do livro utilizando a palavra "fenômeno". Todos queriam a primeira entrevista com "a viúva". Até aquele momento, Delphine preferira mantê-la à sombra. Para deixar as pessoas usarem a imaginação, sem informações demais. Agora que o livro era conhecido de todos, eles podiam lançar a campanha publicitária em torno da apresentação da mulher que compartilhara a vida com Henri Pick.

Delphine escolheu o programa "La Grande Librairie". O apresentador, François Busnel, conseguira uma exclusiva com a seguinte condição: a entrevista seria gravada cara a cara, em Crozon. Madeleine não tinha a menor vontade de viajar até Paris. O jornalista estava acostumado a entrevistas longe de seu estúdio, mas geralmente para encontros com Paul Auster ou Philip Roth nos Estados Unidos. Ele ficou feliz de conseguir aquela espécie de furo: as pessoas finalmente saberiam um pouco mais. Afinal, por trás de um escritor costuma haver uma mulher.

Delphine dormiu muito mal na véspera da viagem para a Bretanha. No meio da noite, foi como que sacudida por uma violenta comoção. Acordou sobressaltada e perguntou a Frédéric o que acontecera. Ele respondeu:

– Nada, meu amor. Não aconteceu nada.

Ela não conseguiu voltar a dormir e ficou sentada no sofá da sala, esperando o amanhecer.

7

Algumas horas depois, acompanhada pela equipe de televisão, ela tocou a campainha da casa de Madeleine. A velha senhora não imaginara que tantas pessoas se deslocariam por causa dela. Havia até uma maquiadora. Ela achou aquilo um absurdo. "Não sou Catherine Deneuve", disse. Delphine explicou que todo mundo se maquiava para aparecer na televisão, mas que não importava. Ela buscava naturalidade, e talvez fosse melhor assim. Todos entenderam que aquela senhora bretã não era do tipo de se deixar levar a qualquer coisa. François Busnel tentou conquistá-la com alguns elogios sobre a decoração da sala, e para isso deve ter ido às profundezas de sua imaginação. Por fim, ele entendeu que o mais sensato seria falar da bela região, a Bretanha. E fez alguns comentários sobre autores bretões que Madeleine não necessariamente conhecia.

A gravação começou. Na introdução, Busnel repassou a história da descoberta do romance. Seu entusiasmo era genuíno, sem ser excessivo. Apresentadores de programas literários precisam encontrar um meio-termo entre o carisma necessário para as telas e a discrição que convém a um público que prefere a seriedade à presunção.

Ele se dirigiu então a Madeleine:

– Bom dia, senhora.

– Pode me chamar de Madeleine.

– Bom dia, Madeleine. Posso lhe perguntar onde estamos?

– O senhor sabe muito bem. Que pergunta!

– É para o telespectador. Eu gostaria que a senhora apresentasse esse lugar, pois em geral o programa acontece em Paris.

– Ah, sim, tudo acontece em Paris. Enfim, é o que os parisienses pensam.

– Então... Estamos...

– Na minha casa. Na Bretanha. Em Crozon.

Madeleine disse essas palavras um pouco mais alto que as anteriores, como se o orgulho se medisse pela intensidade sonora das cordas vocais.

Delphine, sentada atrás das câmeras, acompanhava com espanto o início da entrevista. Madeleine parecia surpreendentemente à vontade, talvez não de todo consciente de que centenas de milhares de pessoas a assistiriam. Como imaginar tanta gente por trás de um homem que lhe dirige a palavra? Busnel entrou direto no assunto, sem mais delongas:

– Ao que parece, a senhora não fazia a menor ideia de que seu marido tinha escrito um romance.

– Verdade.

– A senhora ficou muito surpresa?

– No início, muito. Não acreditei. Mas Henri era peculiar.

– O que quer dizer com isso?

– Ele não falava muito. Talvez guardasse as palavras para o seu livro.

– Ele tinha uma pizzaria, é isso?

– Sim. Enfim, ela era nossa.

– Sim, desculpe, vocês tinham uma pizzaria. Passavam o dia todo juntos, então? Quando ele tinha tempo para escrever?

– Sem dúvida pela manhã. Henri gostava de sair cedo de casa. Deixava tudo pronto para o serviço do almoço, mas provavelmente lhe sobrava algum tempo.

– O manuscrito não tem data. Conhecemos apenas o ano em que foi deixado na biblioteca. Talvez ele o tenha escrito por um longo período de tempo?

– Talvez. Não tenho como saber.

– E o livro, o que achou?

– É uma boa história.
– A senhora sabe de que escritores ele gostava?
– Nunca o vi ler um livro.
– Verdade? Nunca?
– Não vai ser aos oitenta anos que vou começar a mentir.
– E Púchkin? Um livro do poeta russo foi encontrado em sua casa, não é verdade?
– Sim, no sótão.
– Vamos lembrar aos telespectadores que o romance de seu marido narra as últimas horas de uma história de amor, de um casal que decide se separar, e evoca a agonia de Púchkin. Agonia absolutamente tocante, durante a qual o poeta sofre violentamente.
– Ele com certeza gemeu bastante.
– É o dia 27 de janeiro de 1837 e, por assim dizer, ele não tem a sorte de morrer na hora. Citando seu marido: "A vida não quis deixá-lo, preferiu permanecer no corpo e fazê-lo sofrer". Ele fala do sangue que coagula. É uma imagem recorrente, como a do amor que se torna um sangue escuro. É muito bonito.
– Obrigado.
– Então a senhora encontrou um livro de Púchkin?
– Sim, eu já disse. No sótão. Dentro de uma caixa de papelão.
– A senhora já tinha visto esse livro em casa?
– Não. Henri não lia. Só folheava rapidamente o jornal. Dizia que sempre eram as mesmas notícias ruins.
– O que ele fazia no tempo livre, então?
– Não tínhamos muito tempo livre. Saíamos de férias. Ele gostava muito de bicicletas, do Tour de France. Principalmente dos ciclistas bretões. Uma vez, viu Bernard Hinault em carne e osso, e ficou mexido com aquilo. Eu nunca o tinha visto daquele jeito. Era difícil de impressioná-lo.

– Imagino... Mas voltemos a *Eugene Onegin*, por favor, o livro de Púchkin que a senhora encontrou em casa. Seu marido sublinhou uma passagem. Se me permitir, eu gostaria de lê-la.

– Claro – respondeu Madeleine.

François Busnel abriu o livro e leu algumas palavras[1]:

Aquele que vive, aquele que pensa
Acaba desprezando os homens.
Aquele cujo coração bateu
Pensa nos dias que se perderam.
O encantamento não é mais possível.
A recordação e o remorso
Viram feridas.
Tudo isso costuma conferir
Certa cor às discussões.

– Isso lhe inspira alguma coisa? – retomou o apresentador, depois de deixar um silêncio um pouco longo se instalar, bastante raro num programa de televisão.

– Não – respondeu Madeleine na mesma hora.

– É um trecho sobre o desprezo dos homens. Seu marido viveu, no fim das contas, uma vida muito discreta. E não tentou publicar seu livro. Seria uma vontade de não querer se misturar com os outros?

– É verdade que ele era bastante discreto. E preferia ficar em casa quando não estávamos trabalhando. Mas não diga que ele não gostava das pessoas. Ele nunca desprezou ninguém.

– E remorso? Ele se arrependeu de algo na vida?

– ...

Madeleine, em geral tão desinibida e disposta a responder, pareceu hesitar antes de não dizer nada e deixar o silêncio se prolongar. Busnel precisou insistir:

---

1. Pronunciou-as de maneira lenta e potente, levando a crer que fizera teatro na juventude.

– A senhora se lembrou de algo, ou prefere não responder?
– É pessoal. O senhor faz perguntas demais. É um programa de televisão ou um interrogatório?
– Um programa de televisão, fique tranquila. Só queremos conhecer a senhora um pouco mais, e seu marido. Queremos saber quem se esconde por trás do autor.
– Tenho a impressão de que ele não queria que soubéssemos.
– A senhora acredita que se trate de um livro pessoal? Que a história possa conter algo de autobiográfico?
– Ele provavelmente se inspirou em nossa separação, quando tínhamos dezessete anos. Mas foi tudo muito diferente. Talvez ele tenha ouvido essa história no restaurante. Alguns clientes passavam a tarde bebendo e falando da vida. Eu costumo conversar com meu cabeleireiro. Então consigo entender. Aliás, eu gostaria de mandar um alô para ele. Ele vai ficar feliz.
– Sim, claro.
– Enfim, não sei se está assistindo. Ele prefere os programas de culinária.
– Não se preocupe, um alô para ele – disse Busnel, com um pequeno sorriso cúmplice, pensando agradar o telespectador com aquele momento íntimo. Ao contrário dos programas gravados com público, ali era difícil saber se conseguira estabelecer aquela conivência, ou se aquela piscada de olho cairia no vazio. Mas ele não queria que a entrevista se tornasse banal, com uma mulher idosa falando de tudo e nada. Ele queria permanecer concentrado no tema e esperava descobrir alguma informação inédita, ou surpreendente, a respeito de Pick. Era impossível acabar a leitura daquele romance e não sentir uma grande curiosidade a respeito de sua improvável gênese. De modo geral, nossa época busca a verdade por trás de todas as coisas, principalmente da ficção.

8

Para que o interesse do público se mantivesse até o final do programa, era preciso fazer uma pausa. Geralmente, algum livreiro ocupava um bloco do programa compartilhando seus livros preferidos. Mas, como aquele era um programa especial, um jornalista entrevistou Magali Croze, para saber um pouco mais sobre o famoso setor de biblioteca dedicado aos livros recusados.

Desde que aceitou ser filmada, Magali ficou à beira do desespero. Ela foi à farmácia e comprou pílulas de autobronzeamento que a deixaram com uma cor entre o amarelo desbotado e o laranja-cenoura. Foi três vezes ao cabeleireiro (o mesmo de Madeleine), a cada vez escolhendo um novo corte e sentindo falta do antigo. Acabou optando por uma franja estranha que alongava sua testa de maneira desmesurada. O cabeleireiro a deixou *extraordinária*, palavra que destacou colocando as duas mãos nas bochechas, como se ele mesmo estivesse espantado de ter sido capaz de criar aquela obra-prima capilar. Com razão: ninguém jamais viu algo do gênero na história dos penteados, um corte barroco e clássico ao mesmo tempo, futurista e antiquado.

Faltava a roupa. Ela logo escolheu (para falar a verdade, era a única roupa que tinha à altura daquele acontecimento) um tailleur rosa antigo. Ficou surpresa de ainda caber dentro dele, apesar de quase não conseguir respirar. Com o novo tom de pele, o novo penteado e o tailleur resgatado dos fundos de seu guarda-roupa, ela mal se reconheceu. Na frente do espelho, teria sido capaz de se tratar como outra pessoa. José, seu marido – quanto mais ela engordava, mais ele emagrecia (como se um peso tivesse sido atribuído ao casal, que precisava dar um jeito de dividi-lo em dois corpos) –, ficou embasbacado diante daquela visão inédita de sua mulher. Ele pensou num balão rosa quase estourando, com uma cabeça na forma de um repolho.

– O que achou? – ela quis saber.

– Não sei. É... estranho.

– Ah, por que ainda pergunto?! Você não entende nada!

O marido voltou para a cozinha, deixando o furacão para trás. Fazia tempo que a mulher falava assim com ele. Eles trocavam silêncios ou gritos, o nível sonoro do casamento raras vezes era moderado. Desde quando era assim? É difícil datar o início do declínio do amor. O avanço sorrateiro das agonias é progressivo, insidioso. Com o nascimento dos dois filhos, o aspecto logístico da vida se impusera. Atribuíam aquele afastamento ao cotidiano exaustivo. Quando as crianças crescerem, será mais fácil, poderemos nos reencontrar, eles pensavam. Foi exatamente o contrário. A saída dos filhos de casa deixou um grande vazio; uma espécie de falésia afetiva no meio da sala. Um buraco que nenhum amor cansado pode preencher. Os filhos traziam-lhes vida, assuntos de conversa, comentários sobre o mundo. Agora, mais nada daquilo existia.

José decidiu voltar até a esposa, para tranquilizá-la:

– Vai dar tudo certo.

– Você acha?

– Sim, tenho certeza de que você vai ser perfeita.

Aquele carinho súbito comoveu Magali. Ela precisou admitir que relacionamentos afetivos eram difíceis de definir, variavam constantemente do preto para o branco. Não sabia direito o que pensar. Quando somos tomados pela raiva, queremos atirar tudo para cima; depois, voltamos a amar e somos quase tomados de surpresa.

Uma certa confusão também se apoderou de Magali em relação à filmagem. Para dizer a verdade, não a entendera direito. Ela se preparara como se tivesse sido convidada para o jornal das oito. Para ela, "aparecer na televisão" queria dizer: "Todo mundo vai me ver". Não imaginara que participaria de um trecho de dois minutos que seria amplamente ilustrado por imagens da biblioteca e comentários dos leitores. Tanto esforço para aparecer por dezessete segundos num programa literário que, mesmo batendo recordes de audiência, permaneceria relativamente obscuro! A jornalista lhe pediu para contar como surgira a ideia da biblioteca. Ela mencionou Jean-Pierre Gourvec em poucas palavras e o entusiasmo com que acolhera aquele projeto brilhante[1]:

– Infelizmente, não foi o sucesso esperado. Mas depois do livro do sr. Pick as coisas mudaram. Há muito mais gente na biblioteca. As pessoas são muito curiosas. Identifico na hora os que entram para deixar um manuscrito. Trabalho extra para mim, é claro...

Ela se preparava para continuar falando por um bom tempo quando agradeceram por seu "precioso depoimento". A jornalista sabia que o tempo era curto; era inútil ter excesso de material, que complicaria a montagem. Magali, decepcionada, continuou falando mesmo assim, com ou sem câmera: "É estranho. Às vezes recebo mais de dez pessoas ao mesmo tempo. Eu nunca tinha visto isso. Se continuar assim, um dia receberei um ônibus de japoneses!", ela exclamou, rindo, mas ninguém a ouvia. Não estava errada, o fascínio com o lugar não pararia de crescer. Por ora, Magali entrou em seu pequeno escritório e tirou a maquiagem, com a mesma melancolia de uma velha atriz no camarim, depois da última récita.

---

1. Um leve ajuste na verdade, como verão os que quiserem conferir o início do relato.

9

O trecho sobre a biblioteca foi montado rapidamente, para que Madeleine pudesse vê-lo durante sua entrevista. François Busnel perguntou se ela queria comentá-lo:

– É incrível tudo o que vem acontecendo por aqui. Ouvi dizer que as pessoas vão à nossa pizzaria só para ver o lugar onde meu marido talvez escrevesse. Enfim, não pode ser para comer pizza, porque agora o lugar é uma creperia.

– O que a senhora pensa desse fascínio todo?

– Não entendo direito. É só um livro.

– É difícil conter a curiosidade dos leitores. É também por isso que os jornalistas investigam o passado de seu marido.

– Sim, eu sei, todo mundo quer falar comigo. Vasculham nossa vida, não gosto nada disso. Disseram que eu deveria falar com o senhor. Espero que esteja satisfeito. Digo o que penso, mas prefiro que me deixem em paz. Algumas pessoas chegam a visitar o túmulo de meu marido, embora não o conhecessem. Não é certo fazer isso. É meu marido. Fico contente que leiam seu livro, mas, enfim... chega.

Madeleine dissera as últimas palavras com firmeza. Ninguém esperava, mas, no fundo, era o que ela pensava. Não gostava do circo que se criara em torno de seu marido. François Busnel dissera que os jornalistas investigavam a vida de Pick; eles fariam alguma descoberta? Alguns eram guiados por outro tipo de intuição. Eles[1]

---

[1]. Entre eles, Jean-Michel Rouche, antigo colaborador do *Le Figaro littéraire*, especialista em literatura alemã (um admirador incondicional da família Mann), despedido do dia para a noite, e que desde então tentava viver como freelancer, escrevendo artigos complacentes e apresentando debates literários. Por enquanto, nós o encontramos numa nota de pé de página, mas ele logo terá uma importância crucial nessa história.

achavam que o pizzaiolo não poderia ter escrito um romance. Não sabiam quem o escrevera e por que o nome de Pick fora utilizado, mas havia uma razão para aquilo, que precisava ser descoberta. A entrevista de Madeleine, que confirmava a vida regrada e de pouca cultura do esposo, corroborava essa suspeita. A chave daquele enigma precisava ser encontrada a todo custo. E, se possível, é claro, antes de todo mundo.

10

No dia seguinte à exibição do programa, todos ficaram estupefatos com os números da audiência. Um recorde. Fazia muitos anos, desde a época em que Bernard Pivot apresentava o programa *Apostrophes*, que não se via aquilo. Alguns dias depois, o livro foi parar no primeiro lugar das listas de mais vendidos. E até mesmo para Púchkin, até então pouco lido na França, as vendas registraram crescimento. O fascínio se espalhou para o exterior, com ofertas de compra de direitos de tradução cada vez mais significativas, especialmente na Alemanha. Num contexto de crise econômica e situação geopolítica instável, a sinceridade de Madeleine, aliada ao milagre da história do manuscrito, criara as condições de um grande sucesso.

Em Crozon, a súbita midiatização também mudou a maneira como as pessoas olhavam para Madeleine. No mercado, ela sentia que não a tratavam do mesmo jeito. Era observada como um animal exótico e se forçava a distribuir sorrisinhos de falsa cumplicidade a torto e a direito, para disfarçar seu incômodo. O prefeito da cidade quis organizar uma pequena recepção em sua homenagem, mas ela recusou categoricamente a proposta. Aceitara que o livro de seu marido fosse publicado, participara de um programa de televisão, mas não faria mais nada. Estava fora de cogitação sua vida mudar por causa daquilo (embora isso nem sempre dependa de nós).

Diante do desejo de discrição de Madeleine, os jornalistas decidiram se voltar para a filha do escritor. Joséphine, depois de anos de sombra e retraimento, considerou aquele súbito frenesi em torno de sua pessoa um presente dos céus. A vida a brindava com uma revanche. Quando Marc a deixara, sentira-se desprovida de interesse aos olhos de todos, e agora era colocada no centro das atenções. Os jornalistas queriam saber como era seu pai, se ele lhe contava histórias quando ela era pequena. Se as coisas continuassem daquele jeito, logo lhe perguntariam se ela preferia brócolis ou berinjela. Como uma heroína efêmera de um reality show, foi seduzida pela ideia de ser especial. O jornal *Ouest-France* enviou um jornalista para fazer uma grande entrevista com ela. Joséphine não conseguia acreditar: "O jornal mais lido da França...", suspirou. Para a fotografia, pediu para aparecer na frente de sua butique, é claro. No dia seguinte, sua clientela dobrou. Uma fila se formara para comprar sutiã da filha do pizzaiolo que escrevera um romance secreto (uma das lógicas absurdas daquela fama póstuma).

Joséphine recuperara o uso de seus músculos zigomáticos. Era vista desfilando na frente de sua butique como se tivesse ganhado na loteria. Reescrevia a própria história diante de seus interlocutores: falava da relação fusional com o pai, mentia ao dizer que sempre sentira nele aquela vida interior. Acabou admitindo o que todo mundo queria ouvir: não ficara surpresa com a descoberta. Ela omitia sua primeira reação, ou a esquecia totalmente. Joséphine sentia o gosto da droga que a fama podia ser, queria mergulhar todos os dias nas luzes dos refletores, correndo o risco de se afogar nelas.

Ficou estupefata ao receber uma ligação de Marc. Depois da separação, ele ligara algumas vezes, mas acabara desaparecendo por completo. Por meses a fio, Joséphine ficara parada ao lado do telefone, esperando que ele ligasse ou admitisse sentir sua falta. Alguns dias, ela desligava e ligava o celular dezenas de vezes, para ver se estava mesmo funcionando, e fazia o gesto absurdo de levantar o aparelho para o céu para captar melhor o sinal. Mas Marc nunca mais ligara. Como alguém podia romper daquele jeito um laço que tinha sido tão forte? É verdade que as últimas conversas entre eles tinham sido uma sucessão caótica de recriminações (ela) e de tentativas de mudar de assunto (ele), e se tornara óbvio que conversar significava machucar o outro.

Dizem que tudo passa, mas algumas feridas permanecem abertas. Ela ainda sentia falta de Marc, de sua presença na cama todas as manhãs, e também de seus defeitos: seu jeito de reclamar disso, daquilo, de qualquer coisa. Joséphine amava o que no passado havia detestado. Ela lembrava quando que eles tinham se conhecido e o nascimento das filhas. Todas aquelas imagens de felicidade foram turvadas pela separação. Pelo momento em que ele dissera: "Precisamos conversar". A famosa frase sem esperança que anuncia, pelo contrário, que tudo já foi dito. Que tudo acabou. Mas o telefone da butique acabara de tocar. Marc queria saber notícias suas. Surpresa, não soube o que dizer. Ele disse: "Eu gostaria de vê-la, para tomar um café, se você aceitar". Era realmente Marc falando com ela. Marc, que perguntava se ela aceitava vê-lo. Concentrou-se, tentando formular uma resposta, e disse: "Sim". Anotou a hora e o lugar do encontro, e desligou. Ficou vários minutos olhando para o aparelho.

PARTE VI

1

O livro seguiu no topo das listas de mais vendidos e se tornou um fenômeno literário, com consequências inesperadas. Teve os direitos vendidos para vários países e já trilhava uma bela carreira na Alemanha, depois de uma tradução urgente do texto. A revista *Der Spiegel* dedicara ao romance um longuíssimo artigo, que apresentava toda uma tese comparativa entre Pick e uma lista de escritores reclusos, como J.D. Salinger e Thomas Pynchon. Também foi comparado a Julien Gracq, que recusara o Prêmio Goncourt por *A costa das Sirtes*, em 1951. A situação era absolutamente diferente, mas podia aproximar o bretão de uma espécie de família estendida composta de escritores que queriam ser lidos sem ser vistos. Nos Estados Unidos, o livro foi lançado com o título *Unwanted Book*. Uma escolha surpreendente, pois se referia mais à história da publicação do que ao romance em si. Mas era uma prova tangível de que nossa época transitava para o total domínio da forma sobre o conteúdo.

Além disso, houve muito interesse numa adaptação cinematográfica do livro, mas nada fora assinado ainda. Thomas Langmann, produtor de *O artista*, começou a imaginar um filme não sobre o romance, mas sobre a vida do autor; ele repetia um jogo de palavras a quem o quisesse ouvir: "Será uma *biopick*!". Mas ainda era complicado criar um roteiro sobre a vida de Pick, pois faltavam elementos importantes, sobretudo sobre as condições em que ele escrevera o livro. Ninguém aguentaria duas horas de um homem fazendo pizzas e escrevendo pela manhã escondido de todos. "Há limites para o cinema contemplativo. Mas seria perfeito para Antonioni, com Alain Delon e Monica Vitti...", ele sonhava.

No fim, não fez nenhuma proposta. Heidi Warnecke, a alemã de voz calorosa que cuidava da cessão de direitos na editora Grasset, continuou recebendo ofertas, sem se decidir. Era melhor esperar uma grande proposta, em vez de tomar uma decisão apressada; com o sucesso crescente do livro, era óbvio que ela surgiria. Secretamente, sonhava com Roman Polanski, pois sabia que ele seria o único a tornar emocionantes as imagens de um homem encerrado dentro de uma sala. O livro contava a história de um bloqueio, da impossibilidade de se viver uma história de amor, e o diretor de *O pianista* sabia filmar a precariedade física e mental como ninguém. Mas ele recém começara a filmar seu novo longa, a história de uma jovem pintora alemã morta em Auschwitz.

2

Houve outras consequências, mais inesperadas. As pessoas começaram a louvar o fato de serem recusadas. Os editores nem sempre acertavam; Pick era a prova. Ninguém lembrava que nenhum elemento material comprovava que ele enviara seu manuscrito a alguma editora. Mas aquela era uma onda fácil de surfar. Com o surgimento dos livros eletrônicos, cada vez mais autores colocavam suas obras na rede depois de serem recusados por editoras tradicionais. E o público podia transformá-los em sucessos, como acontecera com a série *After*.

O primeiro a ter uma ótima ideia de marketing foi Richard Ducousset, da editora Albin Michel. Ele pediu que sua assistente pesquisasse alguns livros "não tão ruins" entre os que a editora recusara nos últimos tempos. Afinal, às vezes o editor hesita e acaba desistindo de publicar um romance apesar de algumas qualidades. A assistente telefonou para o autor escolhido para saber quantas recusas ele recebera:

– Está me ligando para saber quantas editoras recusaram meu livro?

– Sim.

– Você é estranha.

– Só para saber.

– Umas dez, se não me engano.

– Muito obrigada – ela disse, desligando.

Não era suficiente. Ela precisava encontrar um campeão de rejeições. O escolhido foi *A glória de meu irmão*, romance de um certo Gustave Horn, rejeitado 32 vezes. Richard Ducousset logo assinou um contrato com o autor; este pensou que estavam lhe pregando uma peça, ou que se tratava de uma pegadinha para a televisão. Mas não, o contrato era bem real.

– Não entendo. Há poucos meses, vocês não quiseram meu livro. Recebi uma carta-padrão de recusa.

– Mudamos de ideia. Todo mundo pode se enganar... – explicou o editor.

Algumas semanas depois, o livro foi lançado com um anúncio na capa:

"Um romance recusado 32 vezes"

O livro não fez o mesmo sucesso de Pick, mas ultrapassou os 20 mil exemplares vendidos, um número já bastante significativo. Os leitores ficaram intrigados com um romance tão rejeitado. Havia, nessa atração, um gosto pela transgressão. Incapaz de perceber a ironia da situação, Gustave Horn sentiu que seu talento era enfim recompensado. Convencido disso, não entendeu a recusa de seu próximo manuscrito.

3

O eterno Jack Lang, antigo ministro da Cultura, teve a ideia de criar a Jornada dos Autores Não Publicados.[1] Todos os que escreviam, mesmo sem editora, seriam celebrados. Desde a primeira edição, a jornada foi um sucesso popular. Como a Festa da Música, também criada por Lang, os romancistas e poetas em potencial iam às ruas para ler suas histórias e compartilhar suas palavras com quem quisesse ouvi-las. Uma pesquisa do jornal *Le Parisien* confirmou que um a cada três franceses escrevia ou queria escrever: "Podemos praticamente dizer, hoje, que temos mais escritores do que leitores", concluiu Pierre Vavasseur num artigo. Bernard Lehut, da RTL, comentou o sucesso da jornada, dizendo: "Todos temos algo de Pick dentro de nós". O sucesso do livro, descoberto entre os recusados, falava a toda uma população que queria ser lida. Augustin Trapenard aproveitou para convidar ao rádio um filósofo húngaro especialista na questão do apagamento e, em especial, na obra de Maurice Blanchot. O problema era que o homem vivia tão intensamente seu objeto de estudo que deixava silêncios intermináveis entre as frases, como se aos poucos quisesse apagar a si mesmo do programa.

 O nome Pick estava na boca de todos, tornara-se o símbolo dos que sonhavam um dia ser reconhecidos por seu talento. Como acreditar naqueles que diziam escrever para si mesmos? As palavras sempre tinham um destinatário, aspiravam ser lidas por outros olhos. Escrever para si mesmo seria como fazer a mala para não viajar. O romance de Pick agradava principalmente porque a história da sua vida comovia as pessoas. Ela fazia eco à fantasia de

---

[1]. Ele hesitara entre esse nome e outro mais simples, a Jornada da Escrita, ou a Festa da Escrita. No fim, preferiu mencionar os autores não publicados: era uma maneira de não celebrar o amadorismo, mas de valorizar os que não tinham sido reconhecidos.

ser outra pessoa, um super-herói de capacidades extraordinárias e desconhecidas de todos, um homem discreto cujo segredo era ter uma sensibilidade literária ignorada. Quanto menos se sabia a seu respeito, mais ele fascinava as pessoas. Sua biografia não revelava nada além de uma vida banal, linear. Aquilo reforçava a admiração despertada por ele, para não dizer o mito. Cada vez mais leitores queriam ir atrás de seus rastros, visitar seu túmulo. O cemitério de Crozon recebia os admiradores mais fervorosos. Madeleine às vezes cruzava com eles. Ela não os entendia e às vezes cogitava pedir para que fossem embora e deixassem seu marido em paz. Por acaso ela era do tipo que pensava possível reviver os mortos? Fosse como fosse, era possível revirar seus segredos.

Aqueles visitantes peculiares também passavam pela pizzaria dos Pick. Eles se decepcionavam ao constatar que fora substituída por uma creperia. Os novos proprietários, Gérard e Nicole Misson, diante daquela afluência tão surpreendente quanto favorável, decidiram acrescentar algumas pizzas ao cardápio. Os primeiros dias foram catastróficos; o chef sofreu com a transformação. "Agora preciso fazer pizzas... tudo por causa de um livro", ele repetia, incrédulo, tentando se familiarizar com o forno. Em pouco tempo, a creperia seria definitivamente esquecida. E cada vez mais clientes pediriam para visitar o subsolo, onde Pick escrevera seu romance. Misson organizaria uma visita-guiada, não hesitando em contar, com o passar dos meses, uma história da qual ele não conhecia nenhum elemento. Assim nascia o romance do romance.

Certa manhã, ao guardar os produtos na despensa, Gérard Misson decidiu levar lá para baixo uma mesinha do restaurante. Ele pegou uma cadeira e se sentou. Embora nunca tivesse escrito uma linha, pensou que a inspiração talvez viesse da magia do ambiente e que bastaria se sentar atrás de uma mesa com uma folha e uma caneta para que o milagre acontecesse. Mas nada aconteceu. Nenhuma ideia, nada. Nem sombra de uma frase.

Era mais fácil fazer crepes (ou pizzas). Ele ficou terrivelmente decepcionado, pois se deixara levar pelo sonho de também se tornar um escritor famoso.

Sua esposa o surpreendeu naquela improvável posição.
– O que está fazendo?
– Eu... não é o que você está pensando.
– Está tentando escrever? Você?

Nicole caiu na gargalhada e subiu para o restaurante. Ela não foi desrespeitosa, mas Gérard se sentiu humilhado. Sua mulher não o considerava capaz de escrever, ou de ter um momento de reflexão. Eles não voltaram a falar sobre o ocorrido, mas aquele seria o início do distanciamento do casal. Às vezes é preciso agir de maneira surpreendente, desviar-se do cotidiano, para saber realmente o que o outro pensa de nós.

4

O distanciamento do casal Misson foi uma das inúmeras consequências da publicação do romance de Pick. Aquele romance mudava vidas. E a fama do livro, é claro, se estendeu à biblioteca dos recusados.

Magali, que havia anos não se preocupava com o espaço dedicado aos esquecidos do mundo editorial, precisou reorganizá-lo. No início, poucos indivíduos apareceram, mas o espaço logo ficou lotado. Todos os franceses pareciam ter um manuscrito na gaveta. Muitos não sabiam que era preciso depositá-lo pessoalmente; dezenas de romances começaram a chegar todos os dias pelo correio, como numa grande editora parisiense. Sobrecarregada com a situação, Magali pediu ajuda à prefeitura, que abriu um anexo à biblioteca, reservado exclusivamente aos livros recusados. Crozon se tornava a cidade emblemática dos escritores não publicados.

Era estranho ver aquela cidadezinha do fim do mundo, em geral tão calma, invadida por sombras humanas, homens e mulheres guiados pelo amor às palavras. Os que vinham deixar seus manuscritos eram imediatamente reconhecidos. Mas nem todos pareciam derrotados. Alguns achavam *sofisticado* deixar um texto ali, inclusive diários íntimos. A cidade recebia as palavras de todos, num excesso barroco. Às vezes os escritores vinham de muito longe; dois poloneses vieram direto de Cracóvia para deixar ali o que julgavam obras-primas incompreendidas.

Um jovem chamado Jérémie viera da região sudoeste para deixar na biblioteca uma coletânea de contos e alguns fragmentos poéticos, fruto de seu trabalho nos últimos meses.

Do alto de seus vinte anos, ele lembrava Kurt Cobain, uma figura longilínea e curvada, cabelos loiros, compridos e sujos; mas daquela aparência bagunçada emanava uma luz comovente. Jérémie parecia atrasado em relação a sua época, saído direto de um álbum de fotografias dos anos 1970. Seus textos eram influenciados por René Char e Henri Michaux. Sua poesia, que se queria engajada e intelectual, era inacessível para qualquer um que não ele mesmo. Jérémie tinha a fragilidade daqueles que não encontravam seu lugar no mundo e vagavam indefinidamente em busca de onde parar.

Magali estava cansada de constantemente precisar receber os autores de manuscritos e às vezes amaldiçoava Gourvec por sua ideia extravagante. Mais do que nunca, ela achava aquele projeto absurdo, vendo apenas o trabalho suplementar que ele envolvia. Quando viu Jérémie, pensou que se tratava de mais um perdido em busca de reconhecimento, que a atrapalharia como os outros. Bastante sorridente, ele lhe entregou seu texto. Seu jeito doce contrastava com aquela aparência dura, selvagem. Ela acabou admirada com sua presença, e percebeu a que ponto era bonito.

– Confio em você para não ler meu manuscrito – ele disse, quase cochichando. – É muito íntimo.

– Não se preocupe – respondeu Magali, corando um pouco.

Jérémie sabia que aquela mulher leria o que ele havia escrito, justamente por causa do que dissera. Não tinha importância. Aquele lugar era como uma ilha onde a ideia de ser julgado não importava mais. Ali, ele se sentia leve. Em geral muito tímido, apesar de sua aparente segurança, percorreu a biblioteca por um bom tempo, observando Magali. Desconcertada com aquele olhar azul sobre sua pessoa, ela tentou calcular cada um de seus gestos. Mas era evidente que não fazia nada importante desde que Jérémie chegara. Por que olhava para ela daquele jeito? Talvez fosse um psicopata? Não, parecia terno, inofensivo. Dava para ver isso em sua maneira de caminhar, falar, respirar; ele parecia pedir desculpas por existir. No entanto, exalava um inegável carisma. Era impossível tirar os olhos daquele homem de aparência espectral.[1]

Ele ficou mais um tempo sem lhe dirigir a palavra. Às vezes, trocavam sorrisos. Até que ele se aproximou de Magali:

– Vamos beber alguma coisa, talvez? Depois do expediente?

– Beber?

– Sim, estou sozinho aqui. Vim de longe para deixar meu manuscrito. Não conheço ninguém... seria bom se você pudesse.

– Está bem... – respondeu Magali, surpresa com sua resposta espontânea, não filtrada por sua razão. Mas ela dissera sim... Então beberia algo com ele. Só para ser educada, ele não conhecia ninguém. Aliás, era por isso que queria beber algo com ela, nada mais. Não quer ficar sozinho, é compreensível, por isso quer beber algo comigo, pensou Magali, que ruminou a situação por vários segundos.

---

1. Se Magali conhecesse Pasolini, teria pensado no filme *Teorema*, em seu herói que perturbava as almas pelo simples poder de sua presença fantasmagórica.

5

Alguns minutos depois, ela mandou uma mensagem ao marido: estava com muito trabalho atrasado. Era a primeira vez que mentia para ele; não por escolha, mas porque até então nunca precisara se afastar da verdade. Mas Crozon era uma cidade pequena, todo mundo ficava sabendo de tudo. Talvez fosse melhor ficarem na biblioteca, depois do fechamento. Ela tinha um gabinete, onde poderiam beber alguma coisa. Por que aceitara o convite? Sentia-se como que obrigada a viver aquele momento. Se recusasse, nunca mais aconteceria nada em sua vida. Não sonhara com aquilo? Era difícil entender o que estava sentindo de fato. Fazia muito tempo que não se perguntava sobre seus desejos, nem sobre sua sexualidade. Seu marido não a tocava mais; às vezes, ele se excitava e ambos se aliviavam mecanicamente, o que podia ser agradável, aliás, mas que lembrava uma cópula primitiva sem qualquer toque de sensualidade. E agora aquele jovem queria beber algo com ela. Que idade ele tinha? Parecia mais jovem que seus filhos. Talvez vinte anos? Ela esperava que não fosse menos que isso. Seria sórdido. Mas não perguntaria. Não queria saber nada sobre ele, no fim das contas, e deixar o momento envolto em mistério, numa não-realidade que não teria nenhum efeito sobre o resto de sua vida. E só beberiam algo, nada mais.

Ele estava acabando de tomar sua cerveja, olhando fixamente para ela. Ela virou o rosto, tentando manter a compostura e dizendo duas ou três frases sem importância para preencher o silêncio, insuportável. Jérémie lhe disse para relaxar: não tinham nenhuma obrigação de conversar. Por ele, poderiam muito bem ficar assim, do jeito que estavam. Ele se opunha a qualquer tipo de convenção nos relacionamentos, a começar pela obrigação de falar. No entanto, retomou a conversa:

– Que biblioteca estranha.

– Estranha?

– Sim, a existência de um setor para livros recusados não deixa de ser bizarra. Um setor maldito, de certo modo.

– Não foi ideia minha.

– Não? E o que pensa a respeito?

– Para mim, ela tinha deixado de existir. Até que encontraram o livro de Pick.

– Você acha que foi ele mesmo que o escreveu?

– Sim, claro. Por que não?

– Boa pergunta. Você faz pizza, nunca lê um livro e, depois de morrer, descobrem que você escreveu um grande romance. É muito estranho, não?

– Não sei.

– E você, também faz coisas que ninguém sabe?

– Não...

– E quem teve a ideia dessa biblioteca?

– O homem que me contratou. Jean-Pierre Gourvec.

– E ele escrevia?

– Não sei. Eu não o conhecia tanto assim.

– Quanto tempo conviveu com ele?

– Um pouco mais de dez anos.

– Você conviveu com ele todos os dias nesse lugar minúsculo, por dez anos, e não o conhecia?

– Bom, enfim... Conversávamos. Mas não sei direito o que ele pensava.

– Você vai ler meu livro?

– Acho que não. Só se você quiser. Nunca abro os livros deixados aqui. Preciso dizer que costumam ser bem ruins. Todo mundo se acredita escritor, agora. E ficou ainda pior depois do sucesso de Pick. Se dermos ouvidos às pessoas, todas são gênios incompreendidos. É o que vivem dizendo. Estou cansada de sociopatas.

– E eu?

– Você o quê?

– O que pensou de mim quando me viu?

– ...

– Não quer me dizer?

– Achei você bonito.

Magali não acreditava que havia dito aquilo. Sem pensar. Poderia ter ficado incomodada com a parte da conversa que lembrava um interrogatório, mas não, queria continuar conversando com ele por muito mais tempo; e beber até a manhã, inclusive à espera de que aquela noite não levasse a um novo dia, mas que se perdesse em alguma falha temporal. Embora fosse franca e direta, nunca mencionava seus sentimentos e emoções. Por que confessara que o achava bonito? Porque era o pensamento que ocupava sua mente, esmagando todos os outros. Estava gostando de conversar com ele, mas o desejo que a invadia era muito maior. Desde quando não sentia aquilo? Seria incapaz de dizer. Talvez fosse a primeira vez que sentisse, no fim das contas. Aquele desejo era tão intenso quanto o vazio erótico que o precedera. Jérémie olhava fixamente para ela, com um pequeníssimo sorriso no rosto; parecia sentir prazer em desacelerar o tempo, em não precipitar nada.

Até que ele se levantou, se aproximou e pousou a cabeça no ombro dela. Magali tentou controlar a respiração, esperando não revelar as descontroladas batidas de seu coração. Jérémie deslizou a mão pelo corpo de Magali, levantou seu vestido; antes mesmo de beijá-la, penetrou-a com o dedo. Ela se agarrou a ele desesperadamente, o simples fato de ser tocada a transportava para um mundo esquecido. Ele a beijou então com vigor, segurando sua nuca com firmeza; ela se deixou cair para trás, leve como se seu corpo evaporasse de prazer. Ele pegou sua mão e dirigiu-a para seu sexo; ela obedeceu sem olhar e tocou-o sem jeito, mas ele já estava suficientemente excitado. Jérémie disse para ela se levantar e se virar, e a tomou por trás imediatamente. Foi impossível para Magali saber quanto tempo aquilo durou, cada segundo apagava o anterior numa intensidade física que levava ao esquecimento do presente.

6

Os dois estavam deitados no chão, na penumbra. Magali com o vestido puxado para cima, Jérémie com as calças abaixadas. Ela ouviu o celular tocar, devia ser seu marido, mas não importava. Sentiu vontade de voltar a fazer amor naquela mesma noite, subitamente estupefata de ter passado a vida ao abrigo de outros corpos. Mas se vestiu, constrangida com sua nudez. Como ele pudera desejá-la? E por que ela? Ele provavelmente podia ter qualquer mulher. Era como uma miragem, ou um encontro que só acontece em filmes. Não devia se empolgar, apenas saborear a beleza do momento; ele iria embora, e seria perfeito; ela poderia viver e reviver cada segundo daquele momento em sua memória, e aquilo o faria existir de novo.

– Por que está se vestindo?

– Não sei.

– Precisa ir embora? Seu marido a espera?

– Não. Enfim, sim.

–Gostaria que ficasse, se pudesse. Vou passar a noite aqui, se você deixar. Não tenho onde ficar.

– Sim, claro.

– Ainda quero você.

– Você não me acha...

– O quê?

– Você não me acha gorda demais?

– Não, absolutamente. Gosto de mulheres com formas, me tranquiliza.

– Você precisava de tanta tranquilidade assim?

– ...

7

Preocupado, José enviou mais uma mensagem: estava a caminho da biblioteca. Magali respondeu, pedindo desculpas por estar envolvida com o inventário, disse que voltaria imediatamente. Pegou suas coisas, desordenadamente, olhando para o homem com quem acabara de fazer amor.

– Então sou um inventário – ele suspirou.
– Preciso ir, não tenho escolha.
– Não se preocupe, entendo.
– Estará aqui amanhã de manhã? – perguntou Magali, que já sabia a resposta.

Ele iria embora, era o tipo de homem que ia embora. No entanto, ele respondeu que estaria ali, com convicção, em tom de certeza. Jérémie a beijou mais uma vez, sem dizer mais nada. Magali teve a impressão de ouvir alguma coisa. Ele falara? A confusão dos sentidos criava pequenas alucinações em que era preciso se agarrar ao outro para ter certeza da realidade. Por fim, ele murmurou: "Amanhã de manhã, chegue antes da abertura da biblioteca e me acorde com sua boca...". Magali não tentou entender o significado exato daquele pedido erótico, deixando-se levar pela felicidade daquele encontro carnal; em poucas horas, eles estariam juntos de novo.

No carro, embora devesse se apressar para voltar para casa, Magali ficou parada por um momento. Ligou os faróis, depois o motor. Cada gesto anódino adquiria uma proporção quase mitológica, como se o que tivesse acabado de acontecer se espalhasse para todo o restante de sua vida. Até a rua pela qual ela dirigia havia décadas lhe pareceu diferente.

PARTE VII

1

Há alguns anos, Jean-Michel Rouche tivera grande influência sobre o meio literário. Seus artigos eram temidos, especialmente os editoriais que escrevia para o *Figaro littéraire*. Gostava de exercer aquele poder, de ser cobiçado para o almoço por assessores de imprensa, sempre fazendo uma pausa antes de dar sua opinião sobre este ou aquele romance, como um oráculo. Rouche era o príncipe de um reino efêmero que ele acreditava eterno. Bastou a nomeação de um novo diretor no jornal para ser dispensado. O prestígio do cargo passou a outro editorialista, que seria despedido alguns anos depois, na valsa incessante daquele frágil poder.

Sem se dar conta, Rouche fizera muitos inimigos em seus tempos de glória. Ele não pensava ter sido mesquinho ou injusto, mas intelectualmente honesto com o que acreditava, denunciando poses e escritores superestimados. Ele nem sempre agira levando em conta sua carreira; isso não se podia negar. Mas se tornou impossível encontrar um novo espaço onde se expressar – no rádio, na televisão e menos ainda na imprensa escrita. Pouco a pouco, seria esquecido; ninguém se lembraria de seu nome.

Mesmo assim, o momento difícil pelo qual passava não o tornara amargo, mas quase bondoso. Moderava mesas redondas em cidades do interior, percebendo que por trás de cada escritor, inclusive dos mais medíocres, sempre havia uma grande capacidade de trabalho e o sonho de realizar uma obra. Compartilhava bufês frios e cigarros enrolados à mão com as testemunhas de seu declínio. À noite, em seu quarto de hotel, concentrava-se nos próprios cabelos, acompanhando com espanto a progressão inexorável da calvície. Principalmente no topo da cabeça. Fazia um paralelo entre sua vida social e sua vida capilar – a prova era clara: tinha começado a perder os cabelos ao ser demitido.

Desde que o livro de Pick fora lançado, desenvolvera uma espécie de obsessão com aquela história. Brigitte, sua companheira de três anos, não entendia por que Rouche, que julgava suspeita aquela publicação, falava tanto a respeito. Para ele, aquilo cheirava a encenação literária:

– Você vê complô em tudo – respondeu Brigitte.
– Não acredito que nenhum artista queira permanecer oculto. Enfim, pode acontecer, mas é muito raro.
– Absolutamente. Muitas pessoas têm talentos que elas preferem guardar para si mesmas. Eu, por exemplo. Sabia que canto no chuveiro? – anunciou Brigitte, orgulhosa de sua réplica sonoro-líquida.
– Não, eu não sabia. Enfim, espero que não se ofenda, mas não acho que seja a mesma coisa.
– ...
– Bom, é uma sensação minha. Quando a verdade vier à tona, muita gente ficará surpresa, pode apostar.
– Acho que é uma linda história, e acredito nela. Você está desiludido, e isso é triste.

Jean-Michel não soube o que responder a esse último comentário, bastante duro. Mais uma crítica. Sentia que Brigitte se cansava dele. Aquilo não o surpreendia. Estava perdendo os cabelos, ganhando peso, não tinha uma vida social interessante e ganhava cada vez menos; já não podia convidá-la para comer fora sem mais nem menos. Precisava planejar todas as suas despesas.

Para falar a verdade, nada daquilo importava muito para Brigitte. O que ela mais queria era que Jean-Michel recuperasse o fogo dos primeiros tempos, a maneira de contar histórias, de se entusiasmar. Embora na maior parte do tempo ele fosse terno e atencioso, ela sentia seu lado sombrio ganhando terreno. Ele se deixava vencer pelo azedume. Ela não se surpreendia com o fato de ele não acreditar naquele autor bretão. Mas estava enganada. O que acontecia era inclusive o contrário do que ela pensava. Algo dentro de Jean-Michel acordava. Fazia muito tempo que não se sentia tão motivado. Ele queria investigar o assunto, tinha certeza de que o resultado seria determinante para sua vida. Graças a Pick, ele voltaria ao topo da cena literária. Para isso, precisava se deixar guiar pela intuição e descobrir os elementos daquela fraude. Para começar, viajaria para a Bretanha.

Implorou a Brigitte que lhe emprestasse o carro. Ela tinha motivos para hesitar: sabia que ele dirigia mal. Mas não se opunha à ideia de ele se afastar por alguns dias. Poderia ser bom para os dois. Então concordou, insistindo para que ele fosse prudente, pois ela não tinha dinheiro suficiente para o seguro de condutor adicional. Ele preparou uma mochila rapidamente e se pôs ao volante. Duzentos metros adiante, calculando mal a primeira curva, Jean-Michel arranhou o Volvo.

2

Depois de ver Madeleine na televisão, Rouche se convencera de que não obteria dela nenhuma nova informação. Ele precisava se concentrar na filha, que adorava dar entrevistas. Até o momento, só tinham lhe pedido para contar anedotas do passado, nada de muito relevante, mas Rouche faria de tudo para que ela lhe mostrasse o máximo possível de documentos. Estava convencido de que em algum lugar encontraria uma prova de que sua intuição estava certa. Joséphine, por sua vez, não se cansava do entusiasmo da mídia. Aproveitava para falar de sua butique, o que lhe garantia uma publicidade considerável. Rouche lera vários artigos sobre ela na internet e não deixara de formar uma opinião negativa a seu respeito; além disso, a julgara um pouco estúpida.

Na estrada, dirigindo até Rennes, ele não parava de pensar no arranhão. Brigitte não ficaria nada satisfeita. Ele sempre poderia negar a responsabilidade no ocorrido. Era plausível. Encontrara o carro daquele jeito, arranhado por um vândalo que não se incomodara em sequer deixar um número de telefone. Mas tinha certeza de que ela não acreditaria. Ele era o tipo de pessoa que arranhava um carro emprestado. Rouche poderia prometer que pagaria o conserto, mas com que dinheiro? A falta de dinheiro complicava suas relações com os outros. A começar pelo fato de precisar pedir um carro emprestado. Se tivesse meios, teria alugado um, com todos os seguros adicionais e a opção "arranhões" incluída.

Enquanto dirigia, também pensou nos últimos meses. Perguntou-se até onde a espiral do fracasso o levaria. Trocara seu apartamento confortável por um quartinho no último andar de um prédio parisiense – naquele endereço, poderia continuar passando uma boa impressão. Ninguém sabia que não usava o elevador, mas a escada de serviço. A única pessoa a quem confessara a verdade era Brigitte. Depois de semanas de relacionamento amoroso, ele não pudera esconder a verdade. Passara semanas sem convidá-la a visitar sua casa, e ela acabara pensando que ele era casado. Ficara aliviada ao descobrir uma história completamente diferente: Jean-Michel estava arruinado. Aquilo não era importante aos olhos de Brigitte. Ela sempre lutara para criar o filho sozinha e nunca contara com ninguém. Ao descobrir a verdade, sorrira; sempre se apaixonava por homens sem dinheiro. Depois de alguns meses, porém, aquilo se tornava inconveniente.

Nas proximidades de Rennes, Rouche tentou deixar de lado o arranhão e o saldo geral dos problemas de sua vida para se concentrar em sua investigação. Dirigindo, se sentia vivo. Às vezes, basta contemplar a paisagem passando pela janela para se ter certeza de existir. Não investigava um assassinato ou uma série de desaparecimentos no México[1], mas revelaria uma fraude literária. Como não dirigia havia muito tempo, achou melhor fazer uma parada. Sentindo-se finalmente em paz, bebeu uma cerveja num posto de gasolina e hesitou entre várias barras de chocolate. Preferiu tomar outra cerveja. Prometera a si mesmo que beberia menos, mas aquele não era um dia como os outros.

Rouche chegou a Rennes no meio da tarde. Sem a ajuda de um GPS, levou uma hora para encontrar a butique de Joséphine. Encontrou uma vaga bem na frente: a seus olhos, aquele era um sinal, mais do que um fato concreto. Não conseguia acreditar, ficou numa alegria desproposital. Por anos, sempre que dirigia, ficava horas andando em círculos até acabar estacionando numa vaga para carga e descarga, o que o deixava uma pilha de nervos pelo resto da noite. Naquele dia, tudo parecia diferente.

---

1. Ele estava lendo *2666*, de Roberto Bolaño.

Emocionado com aquela mudança, Rouche errou a manobra e arranhou o carro de novo.

    A alegria durara pouco, a realidade de sua deplorável condição o alcançara. Mais que isso: agora ele não conseguiria fazer Brigitte acreditar que a culpa não era sua. A probabilidade de ter o carro vandalizado duas vezes no mesmo dia era muito pequena. A não ser que inventasse uma pessoa mal-intencionada. Alguém que o perseguisse, por causa de sua investigação. Não conseguia avaliar o grau de credibilidade daquela hipótese. Quem poderia persegui-lo por investigar a existência de um possível escritor fantasma por trás de um pizzaiolo bretão?

3

Um pouco contrariado, e para tomar coragem antes de passar ao primeiro ato de sua investigação, ele decidiu beber uma cerveja no bar da frente. Depois da primeira garrafa, pediu *la petite sœur*, a irmã mais nova, expressão francesa cara aos bebedores, que, sob aquela aparente suavidade e ironia terna, mascaram a realidade de um encadeamento sem fim.

Alguns minutos depois, Rouche entrou na butique. Ele mais parecia um velho pervertido cobiçando calcinhas diminutas do que um marido comprando lingerie fina para a esposa. Mathilde, a nova vendedora, se aproximou. Pós-graduada em business, ela penara bastante para encontrar um emprego estável. Depois de vários bicos temporários, finalmente conseguira ser contratada. Devia sua sorte ao romance de Henri Pick. As entrevistas tinham feito tanta propaganda para a butique que Joséphine precisara contratar uma assistente. Mathilde lera *As últimas horas de uma história de amor* e achara o livro muito triste; mas costumava chorar por qualquer coisa.

– Bom dia, o que posso fazer pelo senhor? – ela perguntou a Rouche.

– Eu gostaria de falar com Joséphine. Sou jornalista.

– Sinto muito, ela não está.

– Quando ela volta?

– Não sei. Mas acho que não será hoje.

– Acha ou sabe?

– Ela disse que se ausentaria por algum tempo.

– Bastante vago. Poderia talvez telefonar para ela?

– Já tentei, ela não atende.

– Que estranho. Há poucos dias, estava em toda parte.

– Não, não é estranho. Fui avisada. Ela precisava de um descanso, só isso.

– Um descanso – ele repetiu baixinho, achando curioso aquele súbito desaparecimento.

Naquele momento, uma mulher na casa dos cinquenta anos entrou na butique. A vendedora perguntou como poderia ajudá-la, mas ela não respondeu. Constrangida, olhou para Rouche. Ele entendeu ser a causa daquele silêncio. A mulher claramente não queria falar de suas compras de lingerie na frente de um desconhecido. Ele agradeceu rapidamente a Mathilde e saiu. Sem saber o que fazer, instalou-se de novo no terraço do bar da frente.

4

Enquanto isso, Delphine e Frédéric acabavam um longo almoço. Ela tinha trabalhado tanto nos últimos meses que somente agora podia tirar um pouco de tempo para si mesma e para *seu autor preferido*. Ele se queixara de vê-la menos, o que não o impedia de apreciar os momentos de solidão (um de seus inúmeros paradoxos). Para ele, estar num relacionamento não significava apenas passar tempo junto.

Delphine se concentrava na carreira. Era cada vez mais solicitada – queriam parabenizá-la ou tentar contratá-la. As outras editoras a viam como uma potencial papisa do mundo editorial, capaz de intuir antes de todo mundo os sucessos do futuro. Ela às vezes se sentia incomodada de estar no centro das atenções; um dia perceberiam que ela ainda era uma garotinha e a desmascarariam. Por ora, o livro de Henri Pick se aproximava dos 300 mil exemplares vendidos, um número que superava todas as expectativas.

– Dentro de dez dias, a Grasset organizará um evento para celebrar nosso sucesso – anunciou Delphine.

– As minhas vendas é que não motivariam a organização de um coquetel.

– Isso ainda vai acontecer. Tenho certeza de que vai vencer algum prêmio com seu próximo romance.

– Gentileza de sua parte. Mas não sou bretão, não sei fazer pizza e, pior ainda, estou vivo.

– Pare com isso...

– Passei dois anos escrevendo meu último livro. Devo ter vendido 1.200 exemplares, contando com minha família, meus amigos e os livros que eu mesmo comprei para dar de presente. Imagino que alguns devam ter sido comprados por engano. E por piedade, enquanto eu autografava em alguma livraria. No fundo, se contarmos as aquisições de verdade, devo ter vendido dois exemplares – ele concluiu, com um sorriso.

Ela não conseguiu conter uma gargalhada. Delphine sempre gostara da autoironia de Frédéric, embora às vezes beirasse a amargura. Ele continuou:

– A farsa se amplifica. Você viu quantas editoras estão mandando estagiários para Crozon? Esperam encontrar outra pérola. Sabendo dos livros sem pé nem cabeça que vimos por lá, é realmente ridículo.

– Azar o deles. Não importa. O que conta, para mim, é seu próximo livro.

– A propósito, já tenho um título.

– Ah? E me diz isso assim, sem mais nem menos? Que maravilha.

– ...

– Então? Qual é?

– Ele vai se chamar: *O homem que disse a verdade*.

Delphine olhou bem dentro dos olhos de Frédéric e não disse nada. Não gostava do título? Ela acabou gaguejando que era difícil julgar um título sem conhecer o texto. Frédéric disse que ela logo poderia lê-lo.

Alguns minutos depois, pediu que ela tirasse a tarde de folga. Como no primeiro encontro, queria caminhar com ela e levá-la para a cama. Delphine fingiu hesitar (e com certeza foi isso que ele mais detestou), mas disse estar com muito trabalho, principalmente em torno da preparação daquele evento. Ele não insistiu (e com certeza era isso que ela menos queria) e despediram-se no meio da rua com um beijo rápido que supostamente continha a promessa de algo mais intenso. Frédéric a viu partir, olhando para suas costas com a esperança de que ela se virasse. Queria que ela lhe dirigisse um último gesto que ele pudesse levar consigo até o próximo encontro. Mas ela não se virou.

5

Rouche passou a tarde no terraço do bar, tomando uma cerveja depois da outra, num ritmo constante. Sua investigação começara com um impasse, ele não sabia o que fazer. Na véspera, sonhara ser um cavaleiro temerário da literatura francesa, com a sensação de que sua vida finalmente recuperava uma dimensão aceitável. Mas se deparara com uma realidade pouco cooperativa. Joséphine não estava mais nas redondezas, não se sabia quando voltaria. Não podia se considerar mau investigador, pois sequer conseguira começar alguma coisa; era um piloto automobilístico cujo carro estragara na linha de largada.[1] Fazia anos que perdia o chão e não fazia nada: o destino conspirava contra ele. O álcool pode provocar entusiasmos mais ou menos comunicativos, ou desencadear visões sombrias e trágicas. O líquido bebido pode seguir duas rotas dentro do corpo e precisa escolher uma delas; em Rouche, ele seguira a via negativa, acompanhado por um toque de autodepreciação.

Felizmente, ele acabara de receber um e-mail da assessoria de imprensa da editora Grasset, que o convidava para um coquetel de celebração ao sucesso de Pick. Ele achara bastante engraçado receber aquela mensagem no momento em que rastreava o que pressentia ser uma fraude; mas não era esse o sentimento que o dominava. Predominava a simples felicidade de estar na lista de convidados; aquilo queria dizer que ele não havia sido totalmente esquecido. Mês a mês, Rouche vinha sendo excluído das cerimônias; o fim de seu poder levara ao fim de sua vida social;

---

1. Curiosa analogia mecânica, pois o único fato marcante desde sua partida eram os dois arranhões no carro.

já não era convidado para almoçar, alguns assessores de imprensa com quem pensara ter laços de amizade haviam se afastado, de maneira não agressiva mas pragmática, sem poder passar tempo com um jornalista cuja influência midiática se extinguia paulatinamente. A alegria de ser convidado o fez sorrir – ele que antes bufava diante das inúmeras solicitações que recebia. Chega um dia em que, em pleno declínio, começamos a amar loucamente o que não enxergávamos mais.

Bebendo calmamente suas cervejas, ele acompanhara o incessante balé de mulheres que entravam e saíam da butique de lingerie. Imaginara cada cliente se despindo no provador, não de maneira libidinosa, mas se deixando levar por um devaneio adolescente. Pensou que certamente seria possível compreender os segredos e a psicologia das mulheres analisando suas compras de roupa de baixo. Essa foi uma das inúmeras teorias formuladas por ele (ou pelo álcool) durante a tarde. Quando a última cliente foi embora, Mathilde saiu e fechou a loja. Então avistou, do outro lado da rua, aquele homem que a interrogara algumas horas antes sobre sua chefe. Totalmente desinibido, ele lhe lançou um grande sorriso amigável, como se ambos se conhecessem desde sempre. A jovem ficou bastante surpresa com o gritante contraste do homem fechado e desagradável com quem trocara algumas palavras mais cedo.

Depois de sorrir, Rouche esboçara um pequeno gesto que podia tanto significar um boa-noite amigável quanto um convite para se juntar a ele. Mathilde poderia escolher o que preferia. Antes de revelar sua decisão, é preciso destacar um elemento importante: ela não conhecia ninguém em Rennes. Nascida numa pequena aldeia do Loire-Atlântico, estudara em Nantes, depois é que aproveitara aquela oportunidade de emprego em Rennes. Quanto maior o tempo que as pessoas passam desempregadas, mais elas se deslocam por um trabalho; em tempos de crise econômica, não era raro encontrar multidões de solitários nas cidades. Foi por isso que ela se dirigiu até Rouche. Ela o interpelou:

– O senhor continua aqui?

– Sim. Pensei que ela talvez voltasse à tarde – ele balbuciou, para se justificar.

– Não, não voltou.

– Ela ligou?

– Também não.

– Gostaria de beber algo comigo?

– ...

– Vai me dizer não três vezes seguidas?

– Está bem – respondeu Mathilde, sorrindo diante da pergunta.

O jornalista olhou para ela com espanto. Fazia muito tempo que uma desconhecida não aceitava beber algo com ele, espontaneamente, sem qualquer tipo de compromisso profissional. Fizera o convite um pouco de brincadeira, sem acreditar que ela o aceitaria; precisava admitir que as coisas podiam dar certo quando não se tinha nada a perder. Sua investigação seria conduzida da mesma maneira. Ele seguiria em frente, sem pensar nos resultados. Mas havia uma consequência: agora Mathilde estava ali, a seu lado. Precisaria conversar com ela. Claro, pois não a convidara para se juntar a ele para compartilhar um momento de silêncio. Mas o que dizer? O que se dizia naquele tipo de situação? Para piorar, assim que ela aceitou seu convite, Rouche começou a achá-la bonita. O que aumentou sua angústia. Tarde demais: precisaria ser engraçado, interessante, encantador. Três coisas impossíveis. Por que a convidara a se sentar? Que idiota. E ela, como pudera aceitar beber algo com um homem capaz de arranhar duas vezes o carro no mesmo dia? Ela também era responsável por aquele momento. Durante sua reflexão, ele escondera suas angústias com pequenos sorrisos falsos. Mas Rouche sentia que Mathilde podia ler tudo aquilo em seu rosto. Ele se tornara incapaz de fingir.

Felizmente, o garçom passou naquele exato momento. Mathilde pediu uma cerveja, Rouche pediu uma água com gás para desviar sua rota líquida e voltar à sobriedade. Para evitar seu incômodo, voltou à investigação:

– Não sabe onde ela está?

– Não, já disse.

– Tem certeza?

– Você é jornalista ou policial?

– Sou jornalista, não se preocupe.

– Não estou preocupada. Deveria estar, por acaso?

– Não... claro que não.

– Joséphine disse que já tinha dado entrevistas suficientes. Mas que era muito bom para a butique.

– ...

Quando não sabia o que dizer, Rouche simplesmente deixava o silêncio falar. As provações pelas quais passara o tinham despojado de todo artifício social. Seu rosto também fora modificado pelas dificuldades, que tinham transformado os traços cínicos em incertezas e feito as rugas duras e severas sumirem umas depois das outras e revelarem traços quase temerosos que inspiravam uma confiança mesclada de piedade. Mathilde, comovida com aquele desconhecido, decidiu contar o que sabia.

6

Tudo começara dez dias antes. Certa manhã, Joséphine chegara toda excitada à butique; aquilo já fora uma visão muito particular: de pé, imóvel, ela parecia saltitar.

Mathilde, que até o momento conhecera uma mulher sem dúvida calorosa, mas pouco disposta a efusividades, ficara surpresa de descobrir uma nova faceta de sua personalidade; Joséphine parecia animada por uma energia que lembrava Mathilde das amigas de sua idade. Como toda adolescente que vive uma experiência empolgante, era impossível para Joséphine não compartilhar o que acontecera. Ela se abriu com a primeira pessoa que encontrou, a jovem vendedora:

– É incrível. Passei a noite com Marc. Você pode acreditar? Depois de tantos anos...

Mathilde, incapaz de avaliar a intensidade daquela revelação, desempenhou seu papel e arregalou os olhos com bastante talento na arte de parecer impressionada. Para falar a verdade, sua reação era ditada principalmente pelo espanto de ouvir coisas íntimas da boca de sua chefe, uma mulher que ela conhecia muito pouco. Ouviu o longo monólogo de Joséphine, sempre com a mesma expressão no rosto.

Marc era o ex-marido de Joséphine, que a trocara por outra mulher, do dia para a noite. Ela se vira sozinha, pois as duas filhas tinham viajado para abrir um restaurante em Berlim. Retrospectivamente, talvez o mais difícil tivesse sido aquilo: a solidão. Mas era culpa dela. Não quisera recorrer às amigas, e menos ainda às testemunhas de seu passado. Tudo o que a lembrasse de Marc a machucava. E, em quase trinta anos de vida comum, ele se espalhara por toda parte. Em Rennes, ela evitava todos os bairros que frequentaram juntos, o que reduzia a cidade a um pequeníssimo perímetro. Somava-se ao desespero, portanto, a geografia de uma prisão.

Mas ele entrara em contato por telefone. Quando ela atendeu, ele disse apenas: "Sou eu". Como se a legitimidade do "sou eu" fosse um fato indestrutível. Com duas palavras, ressuscitou a intimidade entre eles. O bom do casamento é não precisar mais chamar o outro pelo nome. Depois de algumas frases banais sobre a passagem do tempo, ele confessou:

– Vi você no jornal. Que loucura. Não acreditei. Mexeu comigo.

– ...

– A história do romance de seu pai é incrível. Nunca pensei...

– ...

– Alô? Continua aí?

Sim, ela continuava ali.

Mas não conseguia responder.

Marc telefonara.

Ele acabou sugerindo um encontro.

Ela gaguejou que sim.

7

Reencontrar alguém depois de vários anos é como marcar um primeiro encontro. Joséphine estava obcecada com a própria aparência: o que ele pensaria? Ela envelhecera, obviamente. Analisou-se no espelho por um bom tempo e ficou surpresa de se achar bonita. Não costumava se envaidecer. Pelo contrário, caía na autodepreciação com uma facilidade exaustiva. Mas fazia algum tempo que recuperava o gosto de viver, o que aparentemente transparecia em sua aparência rejuvenescida. Como pudera desperdiçar tantos anos morrendo de pena de si mesma? Quase sentia vergonha de ter sofrido tanto, como se a dor não fosse uma submissão ao corpo, mas uma decisão da mente. Achava que tudo chegara ao fim, que agora poderia cruzar com Marc na rua sem sofrer, mas não: ao ouvir sua voz ao telefone, entendeu na mesma hora que nunca deixara de amá-lo.

Ele marcou o encontro num café onde gostavam de almoçar na época em que estavam juntos. Joséphine decidiu chegar mais cedo; preferia estar sentada quando ele chegasse. Acima de tudo, não queria procurar por ele, buscá-lo com o olhar, correr o risco de ser observada por ele. Ela se odiava por temer o que ele pensasse; não tinha mais nada a perder agora. Nada mudara no restaurante, tudo continuava igual – o que acrescentava certa estranheza ao momento. O presente se vestia de passado. Pediu uma taça de vinho tinto, depois de hesitar entre todas as bebidas possíveis, do chá ao suco de abacaxi, passando pelo champanhe. O vinho tinto lhe pareceu um bom meio-termo: marcava a intensidade do reencontro sem no entanto ser festivo demais. Tudo lhe parecia complicado; ela se perguntou inclusive que posição adotar. Onde colocar os braços, as mãos, as pernas, os olhos? Devia parecer falsamente descontraída, ou demonstrar sua expectativa mantendo-se bem ereta, como se estivesse à espreita? Ele nem chegara e ela já estava exausta.

Marc finalmente apareceu, também um pouco adiantado. Avançou direto até ela, com um grande sorriso.

– Ah, já está aqui?

– Sim, tive um compromisso no bairro... – respondeu Joséphine, omitindo a verdade. Abraçaram-se calorosamente e ficaram um momento se olhando, sorridentes. Por fim, Marc perguntou:

– É estranho nos vermos, não?

– Você deve estar me achando horrível.

– Nem um pouco. Vi você no jornal. E pensei comigo mesmo que não tinha mudado nada. Já eu...

– Não. Você está igual. Sempre muito...

– Engordei um pouco – ele a interrompeu.

Ele também pediu uma taça de vinho e seguiram conversando, com toda a naturalidade. Era como se nunca tivessem se separado. A cumplicidade entre eles era total; claro, por enquanto evitavam os assuntos delicados. É sempre mais simples abordar assuntos indolores e neutros, falar de filmes recentes ou das últimas aventuras dos antigos amigos em comum. Tomaram mais algumas taças, com leveza renovada. Mas aquilo era real? Joséphine não parava de pensar na outra mulher. A pergunta queimava seus lábios, tanto que saiu subitamente de sua boca, tão impossível de conter quanto alguém fugindo de uma casa em chamas:

– E... a outra? Você continua com ela...?

– Não. Acabou. Há vários meses.

– Ah? Por quê?

– Estava complicado. Não nos entendíamos mais...

– Ela queria filhos? – adivinhou Joséphine.

– Sim. Mas não era só isso. Eu não a amava.

– Depois de quanto tempo você se deu conta?

– Logo. Mas como eu tinha acabado nossa história por causa dela, menti para mim mesmo. Até o momento em que decidi ir embora.

– E por que quis me ver?

– Foi como eu disse. Vi você no jornal. Pareceu um sinal. Nunca leio o jornal, você sabe muito bem. No início, não me senti autorizado a telefonar. Você sofreu tanto por minha causa. Além disso, eu não sabia nada de sua vida...

– Nisso, não acredito. As meninas devem ter falado alguma coisa.

– Segundo elas, você continua solteira. Mas talvez você não conte tudo a elas...

– Não escondo nada. Depois de você, não tive mais ninguém. Poderia ter tido, mas não consegui.

– ...

Pela primeira vez naquela conversa, um grande silêncio se fez. Marc sugeriu que eles fossem jantar em outro lugar. Embora tivesse certeza de que não conseguiria comer nada, ela aceitou.

8

Durante a refeição, Joséphine precisou admitir para si mesma que aquela noite seguia um rumo estranho. Não parecia um simples reencontro, daqueles em que os anos vividos sem o outro são repassados. Era totalmente diferente. Marc falava cada vez mais claramente do desejo de revê-la. Ela não estava sonhando? Não. Ele repetia que sentia sua falta, que tinha saudade do passado, que errara. Às vezes, baixava a cabeça e falava pausadamente de suas esperanças. Em geral tão seguro de si, muitas vezes arrogante, agora parecia inseguro. Constatando sua aflição, a emoção de Joséphine se redobrou; e sua segurança também. Foi a primeira a ficar surpresa por se sentir tão à vontade, mas era bem isso; agora, tudo estava límpido. Ela vivera os últimos anos à espera daquele momento. Usou o guardanapo para enxugar uma gota de suor da têmpora do ex-marido, e foi assim que tudo recomeçou.

Mais tarde, fizeram amor na casa de Marc. Era uma sensação peculiar, depois de tantos anos, reencontrar um corpo tão conhecido. Joséphine sentiu o medo da primeira vez mesclado ao conhecimento total do outro. Mas uma coisa mudara: a determinação de Marc em lhe dar prazer. Embora ela sempre tivesse gostado de fazer amor com ele, os últimos anos tinham sido mecânicos. As atenções eróticas de Marc rarearam. Não foi o caso naquela noite. Ela reencontrou o marido com a energia renovada. Com o corpo, ele queria lhe dar garantias de que mudara. Joséphine queria se deixar levar, mas não conseguia se libertar totalmente da consciência do ato. Ainda precisaria de tempo para ser capaz de fazer amor sem pensar. Mesmo assim, sentiu um prazer real, e os dois ficaram estupefatos com o que tinha acabado de acontecer. Joséphine acabou adormecendo nos braços de Marc. Ao abrir os olhos, ela pôde constatar que tudo o que vivera era real.

9

Nos dias seguintes, seguiram a mesma rotina. Encontravam-se à noite para jantar, evocando lembranças e erros, projetos e alegrias, e acabavam fazendo amor na casa de Marc. Ele parecia feliz e realizado; aos poucos, mencionava como a outra mulher o sufocara e o privara de seu espaço de liberdade, querendo controlar sua vida. Além disso, ela precisava ganhar presentes, ser tranquilizada através do dinheiro. Joséphine não gostava daquelas confidências. Aquilo a lembrava de seu sofrimento e, no fim, a deixava com um gosto amargo na boca. O passado precisava ser contornado:

– Não vamos falar sobre isso, por favor...

– Sim, você tem razão. Desculpe.

– Acabou.

– Você algum dia imaginou que seu pai seria capaz de escrever aquela história? – Marc perguntou, mudando subitamente de assunto.

– Como?

– O livro de seu pai... Você algum dia imaginou...?

– Não. Mas também nunca poderia prever o que estamos fazendo agora. Então tudo é possível.

– Sim, é verdade. Você tem razão. Mas nós não vendemos tantos livros!

– Sem dúvida.

– Já lhe passaram os números?

– Que números?

– Ora... Justamente... Das vendas de seu pai. Li na imprensa que o livro vendeu mais de 300 mil exemplares.

– Sim, acho que é isso. E continua vendendo.

– Um fenômeno – acrescentou Marc.

– Não entendo direito o que isso significa, mas acho que é bastante, sim.

– Com certeza.

– Acima de tudo, é muito estranho. Meus pais trabalharam a vida toda, viveram de uma maneira muito modesta, e então meu pai deixa um livro que vai enriquecer minha mãe. Enfim, você a conhece. Não está nem aí para o dinheiro. Não me surpreenderia se desse tudo para a caridade.

– Acha mesmo? Seria uma pena. Você deveria falar com ela. Poderia realizar todos os seus sonhos. Finalmente comprar um barco...

– Ah, você se lembra...

– Claro, lembro de tudo. Tudo...

Joséphine ficou realmente surpresa com a lembrança daquele detalhe. Um desejo de juventude. Para ela, a verdadeira liberdade só existia na água. Criada diante do Atlântico, passara a infância contemplando as ondas. Quando voltava a Crozon, aquela era a primeira coisa que costumava fazer, antes mesmo de ver sua mãe: saudar o oceano. Adormeceu pensando no barco que talvez pudesse comprar. Até o momento, não falara com a mãe sobre os direitos autorais do livro de seu pai. A vida delas estava prestes a mudar.

10

Por ora, as consequências tinham sido sobretudo midiáticas. Joséphine continuava recebendo ligações de jornalistas solicitando entrevistas e detalhes inéditos. Prometera fazer algumas buscas, mas não sabia direito o que poderia ser útil. Eles insistiam: e cartas? Documentos escritos? Como um flash, algo lhe voltara à memória. Estava quase convencida de que seu pai lhe escrevera uma carta no verão de seus nove anos. Ela a recebera numa colônia de férias no sul da França. Agora se lembrava, pois havia sido a única que recebera. Na época, as pessoas não se telefonavam. Para manter o contato com a filha, ele decidira escrever. O que ela fizera com aquela carta? O que ele contava? Precisava encontrá-la a todo custo. Era um vestígio escrito deixado por seu pai. Quanto mais pensava naquilo, mais acreditava que, de propósito, ele não deixara nenhum rastro. Um homem capaz de escrever um romance daqueles em segredo sabia exatamente o que estava fazendo.

Onde ela a guardara? Quando não conseguia desligar seu cérebro, Joséphine pensava durante o sono. Naquela noite, aproximou-se mentalmente do lugar onde guardara a carta. Mais uma ou duas noites e encontraria a resposta. As pessoas que não dormem profundamente ficam exaustas, ou exaurem os outros. Joséphine vivia naquele ritmo bipolar, alternando os dias em que se sentia viver em câmera lenta com aqueles em que se sentia levada por uma grande energia. Todas as manhãs, na butique, Mathilde não sabia se encontraria um molusco ou uma pilha. Nos últimos dias, quase sempre era a segunda. Joséphine falava sem parar. Precisava contar o que vivia ao mundo todo – seu planeta se resumia à pessoa em seu perímetro visual. No caso, Mathilde. A jovem vendedora ouvia, é preciso dizer que com certo prazer, o relato detalhado do reencontro de Joséphine com Marc. Ela gostava de ver aquela mulher por quem sentia uma simpatia genuína (afinal, ela a contratara) gesticulando como uma jovem da sua idade.

Na noite seguinte, Joséphine mergulhou de novo na própria memória para tentar encontrar a carta. Depois do divórcio, levara várias caixas para Crozon, mas se lembrava de ter ficado com a coleção de discos. Hesitara em guardá-los, pois não tinha toca-discos para ouvi-los, mas os vinis a faziam lembrar da adolescência. Bastava olhar para as capas para que uma lembrança surgisse na mesma hora. Em pleno sonho, ela se viu guardando a carta de seu pai dentro de um disco; fizera isso mais de trinta anos antes, dizendo: "Um dia, ouvirei esse álbum e ficarei surpresa de encontrá-la". Sim, tinha certeza de ter feito aquilo. Mas dentro de qual disco? Disse a Mathilde que precisava ir para casa ouvir seus velhos vinis. A jovem vendedora não pareceu surpresa, como se os últimos dias a tivessem acostumado aos estranhos comportamentos da chefe.

11

Dirigindo até seu apartamento, Joséphine pensou em The Beatles e Pink Floyd, Bob Dylan e Alain Souchon, Janis Joplin e Michel Berger, e em vários outros. Por que parara de ouvir música? Na butique, às vezes deixava a Radio Nostalgie tocando, mas não a ouvia de fato, era apenas para ter um fundo sonoro. Lembrou-se da excitação que sentia sempre que comprava um novo 33 RPM, do desejo de ouvi-lo o mais rápido possível. Quando ouvia um disco, só fazia isso; sentada na cama, olhava para a capa do disco e se deixava preencher pelo som. Aquilo acabara. Ela se casara, tivera duas filhas e parara de ouvir seus álbuns. Depois, chegaram os CDs, como se a tecnologia precisasse justificar aquele abandono sonoro.

Em casa, Joséphine desceu ao porão para pegar duas caixas de discos cobertas de poeira. Estava animada e com pressa de encontrar a carta, é claro, mas sentiu um grande prazer – acompanhado de certa lentidão, portanto – em contemplar todas as capas. Cada disco despertava uma lembrança, um momento, uma emoção. Percorrendo-os, deparava-se com instantes de sua vida, melancolias profundas misturadas a gargalhadas incontroláveis. Abria todas as capas, esperando se deparar com a carta; adorava guardar dentro delas pequenas mensagens, ingressos de cinema e outros papéis que ali passariam os anos, escondidos dentro de suas músicas para cedo ou tarde ressurgir. Sua vida se recompunha, parte por parte; todas as Joséphine do passado se encontraram numa reunião nostálgica, e foi ali, imersa naquela nostalgia, que ela encontrou a carta de seu pai.

Estava escondida no álbum *Le mal de vivre*, de Barbara. Por que colocara a carta justamente naquele disco? Em vez de abrir o envelope imediatamente, ficou observando o disco por alguns instantes. Era o álbum de uma canção muito bonita, "Göttingen". Joséphine se lembrava de ouvi-la várias vezes; sentira uma considerável admiração por aquela cantora de força obscura. Fascínio efêmero, como as paixões adolescentes costumam ser, mas ela passara vários meses ao ritmo das melodias melancólicas de Barbara. Baixou "Göttingen" no celular para poder ouvi-la imediatamente, e se deixou embalar:

> *Claro, nós temos o Sena*
> *E o nosso Bois de Vincennes,*
> *Mas como as rosas são belas*
> *Em Göttingen, em Göttingen.*
>
> *Nós temos nossas manhãs pálidas*
> *E a alma cinza de Verlaine,*
> *Eles têm a verdadeira melancolia,*
> *Em Göttingen, em Göttingen.*

Uma sublime homenagem de Barbara àquela cidade, e sobretudo ao povo alemão. Em 1964, aquele foi um ato corajoso. Menina judia que se escondera durante a guerra, a cantora hesitou por muito tempo antes de se apresentar no país inimigo. Chegando lá, sua atitude foi pouco amigável. Reclamou do piano e apareceu no show com duas horas de atraso. Mesmo assim, foi ovacionada e adorada. Os organizadores fizeram de tudo para fazer de sua visita um sucesso. Ela nunca tinha sido recebida daquele jeito e ficou comovida até as lágrimas. Decidiu prolongar a viagem e escreveu aquelas poucas linhas, mais potentes que qualquer discurso. Joséphine não conhecia toda a história por trás daquela canção, mas ficava comovida com aquela melodia em forma de ritornelo, como se um carrossel a pegasse no colo. Talvez por isso tivesse colocado a única carta de seu pai dentro daquele disco. Com a canção de Barbara de fundo, releu as palavras escritas quarenta anos antes. Seu pai surgia de repente para murmurar em seu ouvido.

De volta à butique, Joséphine decidiu guardar a carta no pequeno cofre onde geralmente guardava dinheiro em espécie. A tarde seguiu num ritmo desenfreado, com muitas clientes, muito mais que o normal; aquele dia foi particularmente intenso. De modo geral, as últimas semanas tinham marcado uma ruptura com os anos anteriores, como se a vida se vingasse do antigo vazio e da ausência de peripécias humanas.

Naquela noite, Marc foi buscar Joséphine na frente da butique. Mathilde observou discretamente o homem de quem ouvia falar sem parar. Ela o imaginara completamente diferente. Havia uma defasagem total entre o Marc criado por sua mente segundo as histórias contadas por sua chefe e o Marc real que esperava na calçada, fumando um cigarro. Ela instintivamente preferiu aquele que não existia, inventado por ela a partir das palavras de Joséphine.

12

Depois do jantar, o casal recém-reconciliado foi para a casa de Marc. Joséphine preferia que eles dormissem na casa dele. Não se sentia à vontade para convidá-lo a seu apartamento, como se este fosse expô-la completamente. Ela contou a Marc a história da carta reencontrada. Estava feliz de compartilhar com ele aquele grande momento; ele pareceu entusiasmado, e repetiu que aquela história de romance era maravilhosa. E acrescentou:

– Como nosso reencontro...
– Sim.
– Você gosta de Richard Burton? – perguntou Marc, sem a menor razão aparente.
– Quem?
– Richard Burton, o ator.
– Ah, sim, aquele de *Cleópatra*. O marido da Liz Taylor. Por que me pergunta isso?
– Porque eles justamente se casaram e se divorciaram... Depois se casaram de novo...
– ...

O que ele queria dizer com aquilo? Estava fazendo um segundo pedido de casamento? Desde que eles tinham começado a passar as noites juntos, ela se prometera não ficar imaginando coisas. E apenas se deixar levar por aquele prazer inesperado. Marc acabou dizendo:

– Você não disse nada.
– ... – confirmou Joséphine.

Marc pegou a mão de Joséphine para guiá-la até a cama, mas ela preferiu ficar no sofá. O que sentia a deixava paralisada.

Começou a chorar de repente. Essa é a beleza das lágrimas: elas podem significar duas coisas opostas. Choramos de dor, choramos de alegria. Poucas manifestações físicas têm essas duas caras que parecem materializar nossa confusão. Naquele momento, porém, a mão de Joséphine encontrou um tecido sob a almofada do sofá. Ela baixou os olhos e viu uma peça de roupa feminina.

– O que é isso?

– Não sei – ele disse, constrangido, pegando a calcinha.

Joséphine deixou que Marc se explicasse. Ele não entendia como aquilo fora parar ali. Devia ter se perdido e reaparecido de repente. Era absurdo, de fazer rir.

– Você ainda a vê? – perguntou Joséphine.

– Não. Claro que não.

– Por que mentiu para mim?

– Não menti, eu disse a verdade.

– Como posso saber?

– Eu juro. Não a vejo há meses. Nos separamos, brigamos. Ela viveu muito tempo aqui. Talvez a calcinha tenha ficado escondida num canto do sofá.

– ...

– Por favor, não veja nisso mais do que há para ver.

Marc disse isso de maneira extremamente convincente. Mesmo assim, Joséphine achou tudo muito estranho. O surgimento de um fantasma do passado por meio de uma roupa de baixo, no momento em que eles falavam em se casar de novo – deveria ver um sinal naquilo? Marc continuou seu monólogo, tentando minimizar o incidente. Ele atirou a calcinha pela janela, para se livrar dela de maneira teatral e engraçada. Joséphine aceitou mudar de assunto. Em contrapartida, não falaram mais em casamento.

13

Naquela noite, ela não conseguiu dormir. O pedacinho de tecido embaixo da almofada a manteve acordada; não parava de pensar nele. Marc dormia a seu lado, como sempre alternando entre fases de ronco e silêncio (dormindo, ele tinha duas personalidades). Ao lado dele, sobre a mesinha de cabeceira, estava seu telefone celular; Joséphine ficou obcecada com vontade de ligar o aparelho e ler suas mensagens. Quando eram casados, ela nunca mexera nas coisas dele, nem nos momentos em que tivera motivos para desconfiar; não se tratava necessariamente de uma questão de confiança, mas de respeito pela liberdade do outro. Naquela noite, porém, a situação pareceu diferente. Ela estava com cinquenta anos, uma idade em que não podia mais se enganar em suas escolhas. Ele queria casar de novo; ela não podia embarcar daquela maneira, de olhos fechados e coração aberto.

Ela se levantou sem fazer barulho e pegou o aparelho. Trancou-se no banheiro com o celular. Que idiotice da parte dela, ele tinha uma senha no telefone. Ela tentou uma que não funcionou. Claro que não seria sua data de aniversário. Podia tentar mais dois números. Era absurdo tentar ver suas mensagens; ela o conhecia melhor que ninguém. Tinham vivido juntos quase trinta anos, tinham duas filhas: o que ela poderia encontrar? Conhecia suas qualidades e seus defeitos, que às vezes estavam interligados. Lera num artigo que cada vez mais casais se reconciliavam. Não era raro reencontrar um antigo amor e viver a segunda vez com conhecimento de causa. Ela não podia ser decepcionada por Marc de novo; já o fora demais no passado. Enquanto raciocinava desse jeito, não parava de pensar na senha. Marc adorava as filhas, visitava-as com frequência em Berlim. Talvez usasse as datas de nascimento das duas, dois números um ao lado do outro, 15 e 18.

Ela digitou "1518" e o telefone foi desbloqueado.

Joséphine ficou de queixo caído. Não pensou que seria tão fácil. Fora levada por um impulso que, ao que tudo indica, não levaria a nada. Mas o destino decidira outra coisa, numa espécie de manifestação divina. Do outro lado da porta, continuava ouvindo a respiração pesada de Marc. Abriu o aplicativo "Mensagens" e viu o nome de Pauline aparecer; o nome que ela nunca pronunciava; a mulher por quem nutrira um ódio desmesurado, embora não fosse capaz de saber se aquela violência era merecida ou não. Sua primeira constatação foi: Marc mentira. Ele ainda se comunicava com ela. E a última mensagem datava daquele dia, daquela noite.

Sentada no chão do banheiro, Joséphine foi tomada de vertigens. Deveria continuar? Mas seu mal-estar desapareceu subitamente, dando lugar a um ódio frio. Leu todas as mensagens – havia tantas! –, mensagens de amor, promessas de reencontro para breve e menções ao plano que funcionava maravilhosamente bem. O plano era ela. Mas que plano? Por quê? Ela não entendia. Era de enlouquecer. Sua respiração seguia caminhos incontroláveis, uma anarquia tomava conta de seu corpo, não conseguia controlar o fogo que se propagava dentro dela.

Naquele momento, Marc bateu à porta:

– Meu amor? Está aí?

– ...

– O que está fazendo?

– ...

– Está tudo bem? Fiquei preocupado. Abra a porta.

Marc ouvia a respiração de Joséphine, que parecia sufocar. O que estava acontecendo? Ela estava tendo um mal súbito, sem dúvida.

– Se não abrir, vou chamar os bombeiros.

– Não – ela disse com frieza.

– O que está acontecendo?

– ...

Joséphine tinha os olhos cravados no telefone e lia mensagens que falavam de dinheiro. De repente, tudo ficou claro. Trêmula, não ouvia mais as súplicas de Marc. Ele a exortava a abrir, a responder, a se explicar. O que ela devia fazer? Abrir a porta, bater nele com todas as forças, ou ir embora sem dizer nada. Joséphine estava tão mal que não se sentia capaz de um enfrentamento. Levantou-se e passou um pouco de água no rosto. Acabou saindo e se dirigindo para o sofá, onde deixara suas coisas.

– Mas o que está acontecendo? Quase morri de preocupação.

– ...

– O que está fazendo? Por que está se vestindo?

– ...

– Não quer responder? Preciso saber!

– Vá até o banheiro, e me deixe em paz – respondeu Joséphine.

Marc obedeceu e viu o celular no chão. Voltou correndo até Joséphine, implorando:

– Por favor, me perdoe. Que vergonha...

– ...

– Faz dias que quero contar a você. De verdade, mesmo. Pois tudo está maravilhoso com você, e eu me sinto tão bem.

– Cale a boca. Só peço uma coisa: cale a boca. Vou embora e nunca mais quero olhar para você.

Marc agarrou o braço de Joséphine, suplicante. Ela o empurrou com força. Cansada daquela farsa, explodiu:

– Mas por quê? Por que fez isso? Como pôde?

– Tive sérios problemas financeiros. Não tenho mais nada. Perdi tudo... e vi que você ficaria rica...

– Queria casar comigo para pegar meu dinheiro... e depois voltar para aquela vadia? Percebe o que está dizendo?
– Eu não estava sendo eu mesmo. Fiquei completamente cego. Sim, percebo. Eu sou... patético.
– Como posso ter sofrido tanto por você?
– ...

Marc começou a chorar; era a primeira vez que Joséphine o via em lágrimas. Nenhum drama jamais o fizera sair do universo de seus olhos secos. Mas aquilo não mudava nada. Ela foi embora sem dizer mais nada, ele podia apodrecer em sua própria mediocridade. Na rua, ela procurou um táxi, em vão. Caminhou na escuridão por quase uma hora.

Joséphine levara anos para se recompor, mas assim que conseguira, Marc a destroçara pela segunda vez. Tudo por causa daquele maldito romance. Quando vivo, seu pai quase nunca a abraçava, e agora deixava um livro que semeava o desastre. Ela sofrera durante todos aqueles anos, mas não fora o suficiente. Precisava sofrer mais um pouco; precisava viver as últimas horas daquela história de amor, como se sua agonia ainda não tivesse sido totalmente vivida.

14

Na manhã seguinte, ela esperou que Mathilde chegasse à loja e anunciou que se ausentaria *por algum tempo*.

15

Rouche ouvira o relato de Mathilde com total concentração, esperando localizar aqui e ali alguma informação essencial para sua investigação. Obviamente, ele só ouvira o que a jovem vendedora sabia, ou seja, uma versão parcial do drama da vida de Joséphine. Mas um fato importante se destacava, no centro dos acontecimentos: a famosa carta escrita por Pick. Rouche decidiu não abordá-la imediatamente (esperaria a segunda pergunta):

– E desde então, nenhuma notícia? – ele perguntou.

– Nada. Tento telefonar, cai na secretária eletrônica.

– E a carta?

– Que carta?

– A carta do pai. Ela a levou?

– Não, está no cofre.

Mathilde disse essas palavras sem perceber a importância que tinham para Jean-Michel. Ele estava a poucos metros de um vestígio escrito de Pick.[1] Mathilde olhou para seu companheiro noturno com ar zombeteiro.

– Está tudo bem? – ela perguntou.

– Sim, tudo bem. Acho que vou pedir uma cerveja. Água com gás é tão deprimente.

Mathilde sorriu. Gostava da companhia daquele homem mais velho, de aparência um pouco estranha; embora à primeira vista fosse um pouco repulsivo, observando-o de perto era possível perceber certo encanto (ou seria o álcool?). Ela o achava cada vez mais interessante, com sua maneira de sempre demonstrar surpresa, como um homem constantemente maravilhado por estar vivo. Ele tinha aquela energia própria dos sobreviventes, de se satisfazer com muito pouco.

---

1. Cristóvão Colombo prestes a pisar no continente americano.

Rouche, por sua vez, não ousava olhar para Mathilde de frente, preferia se dirigir ao poste à sua frente: poste que ele poderia descrever com muito mais facilidade do que o rosto da jovem. Ele começou a achar incongruente o fato de ela dedicar tanto tempo à sua pessoa. Ela no entanto confessara: "Não conheço ninguém nessa cidade". Só assim para uma mulher passar uma hora comigo, ele pensou. Antigamente, suas réplicas saíam de sua boca com toda facilidade; agora, cada palavra que pronunciava era calculada, estudada, para no fim ser balbuciada. Os problemas profissionais tinham marcado o fim de sua autoconfiança. Felizmente, conhecera Brigitte; e ele a amava; pelo menos, pensava que a amava. Ela é que parecia distante. Já não faziam amor com frequência, e ele sentia falta. Sob o efeito de um estranho mecanismo, quanto mais Jean-Michel falava com Mathilde, mais ele se sentia próximo de Brigitte. Aquilo não o impedia de sentir desejo por aquela jovem mulher, mas seu coração permanecia sob o consolador encanto da proprietária de um carro com dois arranhões.

Pouco antes da meia-noite, Rouche finalmente ousou pedir para Mathilde buscar a carta.

– Eu deveria pedir a Joséphine, não?

– Por favor, só preciso vê-la...

– Isso não se faz... – ela acrescentou, antes de cair na gargalhada.

Embora importante, o momento era vivido com álcool no sangue. Mathilde retomou:

– Está bem, sr. Rouche. Está bem... Mas, se houver algum problema, direi que fui obrigada.

– Sim, tudo bem. Tipo um assalto à mão armada.

– Ou uma venda casada repentina.

– Isso não faz o menor sentido...

– Sim, verdade... – concluiu Mathilde, se levantando.

O jornalista seguiu-a com os olhos, maravilhado com seu andar gracioso e firme apesar do longo dia de trabalho e da sequência de cervejas. Ela voltou dois minutos depois, com a carta. Rouche pegou-a e abriu-a o com delicadeza. Leu-a imediatamente. Várias vezes seguidas. Então levantou a cabeça. Agora tudo estava claro.

16

Mathilde não quis perturbar a concentração do jornalista. Ele parecia perdido em pensamentos. Enquanto isso, o frescor da noite a trouxera de volta a um estado mais sóbrio. Após alguns minutos, ela acabou perguntando:

– Então?
– ...
– O que achou?
– ...
– Não quer me dizer?
– Obrigado. Muito obrigado.
– Não há de quê.
– Posso ficar com ela? – arriscou Rouche.
– Não. Seria pedir demais. Não posso fazer isso. Vi que essa carta é muito importante para ela.
– Então me deixe fazer uma cópia. A loja deve ter uma copiadora?
– Você não se cansa nunca!
– É uma frase que não costumo ouvir com frequência – ele respondeu, sorrindo.

Não saberiam dizer a partir de que cerveja começaram a se tratar informalmente, mas a cumplicidade entre os dois era real. Ou seja, mesmo que estivessem tomando água, aconteceria. Pagaram a conta e se dirigiram para a loja. À meia-noite, na escuridão, Rouche sentiu medo dos manequins. Teve a impressão de que conversavam entre si, antes da abertura da loja. Eles se imobilizavam na presença de seres humanos, mas no resto do tempo trocavam planos de fuga. Por que pensava naquelas coisas num momento tão importante? Mathilde fotocopiara a carta. Ele agora tinha uma cópia.

17

Saindo da loja, Rouche finalmente pensou nos aspectos práticos de sua viagem. Ele não reservara nenhum quarto de hotel. Perguntou a Mathilde se conhecia algum lugar ali perto.

– Não muito caro – ele logo especificou.
– Você pode dormir no meu apartamento, se quiser...

Rouche não soube o que responder. O que aquilo queria dizer, ao certo? No fim, decidiu levá-la de carro até seu prédio, para ter tempo de pensar. Chegando, ele disse:

– Você não deveria convidar um desconhecido para dormir na sua casa assim...
– Você não é exatamente um desconhecido.
– Eu poderia ser um psicopata. Afinal, fui crítico literário por vários anos.
– E você, não deveria desconfiar de nada? Quem disse que não mato senhores depressivos do seu tipo?
– Verdade.

Continuaram conversando dentro do carro, em tom de brincadeira. A situação começava a parecer um típico fim de festa, em que se torna difícil distinguir a sedução da simples camaradagem. O que Mathilde queria? Ela estava cansada de ficar sozinha. No fim, Rouche preferiu não subir. E não necessariamente por uma vitória de sua mente sobre seu corpo, mas por uma escolha sensata da qual ficou orgulhoso. Fazia vários minutos que não parava de ir e vir entre o momento presente e a lembrança de Brigitte. A conclusão era a seguinte: seu relacionamento não tinha acabado. Apesar das dificuldades recentes, não se admitia vencido. Ele a amava, e talvez mais ainda naquele momento. Poderia ter subido à casa de Mathilde, é claro, e talvez nada tivesse acontecido; aliás, era o mais provável. Mas não pregaria o olho a noite toda, sabendo-a tão bonita e tão perto. Não, melhor ficar no carro. Dormiria no banco de trás, com a cópia da carta de Pick. Afinal, precisava se concentrar em sua missão.

18

Abraçaram-se demoradamente. Mathilde foi para seu apartamento, e Jean-Michel pensou consigo mesmo que nunca mais a veria.

19

No início, nada pareceu anormal a Hervé Maroutou. Sentia-se um pouco mais cansado do que nos dias anteriores, mas estava envelhecendo, e a rotina de representante comercial não envolvia muito descanso. Sem contar a pressão no trabalho, cada vez maior. Com o incessante aumento da produção literária, ele precisava lutar para que os livros que representava recebessem um bom lugar nas estantes das livrarias ou, melhor ainda, nas vitrines. Como bom conhecedor de sua região, e graças aos vários laços que pacientemente tecera, Maroutou era um profissional estimado por todos. Ainda sentia um arrepio ao ler um livro antes de todo mundo, recebendo-o muito antes do lançamento para planejar sua apresentação. Motivado pela jovem editora da Grasset, conseguira transmitir aos clientes o entusiasmo da casa editorial com o livro de Pick. E com que resultados! O romance seguia uma trajetória excepcional. Hervé acabara de receber um convite para celebrar aquele sucesso, o que o deixara muito feliz. Não era raro os representantes serem mimados no lançamento de um livro, mas quando o sucesso se consolidava, era mais difícil que fossem incluídos nas comemorações. Aquilo seria compensado com aquela festa que anunciava o ponto alto de uma aventura literária pouco comum.

Ao cabo de algumas semanas, ele precisou admitir que seu cansaço não era normal. Certa manhã, levantou-se vomitando e passou o dia com uma dor de cabeça terrível. Sentia muita dor nas costas também, uma dor estranha, como uma ardência na lombar. Pela primeira vez em muito tempo, cancelou seus compromissos, incapaz de dirigir ou falar. Estava hospedado no hotel

Mercure de Nancy e decidiu consultar um médico. Precisou ligar para vários números antes de conseguir um horário. Na sala de espera, não teve coragem de folhear as velhas revistas espalhadas sobre a mesa. A única coisa que queria era acabar com aquelas dores. Embora não tivesse comido nada de manhã, ainda sentia vontade de vomitar. Seu corpo tremia. Mas ele estava com calor. Era desconcertante, uma total anarquia das sensações, como se seus membros fossem o palco de uma luta entre dois exércitos. Começou a perder a noção do tempo. Há quantos minutos estava ali esperando?

Finalmente o chamaram. O médico tinha a tez amarelada e parecia doente. Quem queria ser tratado por um moribundo? O médico fez algumas perguntas de maneira mecânica. Uma anamnese básica ao paciente, sobre seus antecedentes e as doenças familiares. Maroutou se acalmou ao ouvi-lo, encontrariam seu problema. Com alguns comprimidos e um pouco de repouso, logo poderia voltar ao trabalho. E iria até o Hall du Livre, pois gostava particularmente da dona daquela livraria, que confiava nele e logo encomendara cem exemplares do romance de Pick.

– Poderia tossir, por favor? – pediu o médico.

– Não consigo, não me sinto bem – ele murmurou.

– Sim, sua respiração parece difícil.

– O que pode ser?

– Vamos fazer uns exames mais aprofundados.

– Não podemos deixar para daqui uns dias? Quando eu voltar para Paris? – perguntou Maroutou.

– Hum... Quanto antes melhor... – disse o médico sem jeito.

Algumas horas depois, no Centro Hospitalar Universitário de Nancy, Maroutou se deitou sem camisa sobre uma placa fria. Primeira etapa de uma série de exames. Que foram seguidos por outros. Aquilo não era um bom sinal. Os médicos não paravam de tentar *refinar o diagnóstico*. Quando está tudo bem, eles sabem na hora. Refinar significava determinar o grau de gravidade. Ele não tinha dúvida disso, via a expressão no rosto dos médicos. Acabaram perguntando se ele queria saber a verdade. O que responder a isso? "Não, fiz todos esses exames, mas não me digam nada." Claro que queria saber. O homem à sua frente é que não parecia querer falar. É pouco provável que alguém se torne médico pelo prazer de anunciar a morte iminente de alguém.

– Quando? – Maroutou perguntou.

– Em breve...

O que queria dizer *em breve*? Um dia, uma semana, um ano? Para ele, *em breve* podia significar alguns meses, mas no fim aquilo não mudava nada: o anúncio do médico marcava o fim de sua vida. Pensou na mulher, um pouco mais do que costumava fazer. Ela morrera de câncer aos 34 anos, na época em que tentavam engravidar. Em seu ambiente profissional, ninguém sabia. Maroutou vivera a vida errante dos representantes comerciais, prometera a si mesmo nunca mais se comprometer com ninguém. Vinte anos depois, se via numa repetição da mesma cena. Com uma grande diferença: estava sozinho para enfrentar o medo. Maroutou pudera segurar a mão de sua mulher, haviam se amado até seu último suspiro. Ele nunca esquecera as últimas horas da história daquele amor, horas paradoxalmente pacatas e serenas. Em que restava apenas o essencial, o amor insano de um homem que acompanhava a mulher até a morte. Será que ela o esperava do outro lado? Não acreditava naquele tipo de coisa. O corpo dela estava decomposto há muito tempo, assim como o dele logo estaria.

20

No dia da festa organizada pela editora Grasset, Maroutou reuniu forças suficientes para participar; encontrar amigos e colegas com certeza lhe faria bem. Precisava se forçar a viver. Quem sabe? Talvez conseguisse vencer a doença, como outros haviam vencido. Mas não tinha forças para lutar; sozinho, arrastava-se até seu último dia, esperando sofrer o mínimo possível.

Cansado, preferiu se sentar no fundo da sala, um pouco afastado de todos. Ao passar pelo bar, pediu um uísque à garçonete. A festa, àquela altura, lembrava o fim de um casamento; eram apenas oito horas da noite e todos pareciam bêbados. Sentado em seu canto, Maroutou foi abordado por um homem grisalho.

– Boa noite, posso me sentar aqui?

– Claro – respondeu Maroutou.

– Rouche – o homem se apresentou.

– Ah, não o reconheci. Lembro de seus artigos.

– Prefere que eu me sente em outro lugar?

– Não, absolutamente. Maroutou, Hervé Maroutou. Muito prazer.

– Muito prazer – repetiu Rouche.

Os dois se cumprimentaram com um aperto de mãos, duas mãos moles que se transmitiram a energia de um molusco neurastênico.

Trocaram algumas palavras sobre o que tinham em comum: ambos bebiam uísque.

– E o senhor? – perguntou Rouche. – O que faz?

– Trabalho para a Grasset. Sou representante comercial. No leste da França.

– Deve ser interessante.

– Vou parar em breve.
– Ah? Vai se aposentar?
– Não, vou morrer.
– ...

Rouche empalideceu, depois gaguejou que sentia muito. Maroutou emendou:

– Eu que peço desculpas, não sei por que disse isso. Na verdade, ninguém sabe. Nunca falo a respeito. E agora, de repente, saiu. Caiu no senhor.

– Não precisa se desculpar. É muito importante que... isso saia. Estou aqui, se precisar... Enfim, não sou uma companhia muito agradável.

– Por que não?

– Enfim, seria ridículo contar. O senhor me diz que vai morrer e eu começo a contar meus problemas.

– Sim, por favor – insistiu Maroutou.

A situação pareceu disparatada a Rouche. Compartilharia seus infortúnios para distrair um moribundo. Fazia alguns dias que sua vida seguia um estranho rumo, ele se sentia como o personagem de um romance.

– É minha mulher – começou Rouche, na mesma hora.

– O que tem sua mulher?

– Enfim, modo de falar. Não éramos casados.

– E? – impacientou-se Maroutou.

– Ela acabou de me deixar.

– Sinto muito. Fazia tempo que estavam juntos?

– Três anos. Não que tudo estivesse bem, mas eu acho que a amava. Enfim, já não sei mais. Mas eu me agarrava a ela, ao nosso relacionamento, para suportar os golpes da vida.

– Se não for muita indiscrição perguntar, por que ela decidiu deixá-lo?

– Por causa do carro.

21

Era uma maneira um tanto grosseira de resumir as coisas, mas não totalmente falsa. Depois de dormir no Volvo, Rouche decidira voltar para Paris. A carta que encontrara era suficiente para a investigação, ao menos por enquanto. Era um elemento crucial. Rouche dirigira feliz, repassando a noite com Mathilde. Mais tarde, pensou que deveria desconfiar daqueles momentos, como se o reconhecimento de uma felicidade o tornasse subitamente frágil.

De volta a Paris, descansou por boa parte da tarde e tomou um banho para receber Brigitte. Quando ela chegou, ele logo falou de sua grande descoberta, mas ela não pareceu interessada. Ele sentiu uma grande amargura. Rouche sonhava descobrir interesses em comum com ela, uma cumplicidade, um assunto que alimentasse conversas inflamadas entre eles. Mas estava sozinho em sua vontade de desmascarar um autor. Ela preferiu perguntar:

– E tudo certo com o carro?
– ...
– Por que não responde?
– Por nada.
– O que aconteceu?
– Nada. Quase nada.
– Onde você estacionou?

Desceram, um na frente do outro, num verdadeiro espírito de execução. Brigitte ficou chocada com o estado do carro. Não era muita coisa, o conserto seria rápido, argumentou Jean-Michel. Em outras circunstâncias, talvez o incidente não tivesse tanta importância, mas, dada a atmosfera cada vez mais pesada entre eles, ela viu naquilo um símbolo: decidira confiar nele e ali estava o resultado. Brigitte examinou os dois arranhões, como se a lataria representasse seu próprio coração. Subitamente, sentiu-se cansada de não ser amada do jeito que queria ser.

– Precisamos nos separar.
– O quê? Vai me deixar por causa de um arranhão?
– Dois arranhões.
– Que seja. Ninguém se separa por causa disso.
– Vou embora porque não te amo mais.
– Se eu tivesse ido de trem ainda estaríamos juntos?
– ...

Ao passar a noite anterior com Mathilde, Rouche se dera conta de seu amor por Brigitte; mas era tarde demais. Brigitte acumulara decepções demais. Viviam as últimas horas daquele amor. Jean-Michel se agarrava à ilusão de que tudo se arranjaria; mas o olhar de Brigitte não deixava nenhuma dúvida. Não adiantaria nada mendigar uma prorrogação afetiva. Era o fim. Ele sentiu o corpo queimar por dentro, para sua surpresa. Maltratado pelas adversidades, não pensava que seu coração ainda fosse capaz de sangrar.

22

Maroutou concordou, depois de ouvir o relato de Rouche, que aquele era um motivo difícil de aceitar para uma separação. Mas o jornalista encontrava maneiras de explicar o comportamento de Brigitte, lembrando que ela provavelmente salvara sua vida num momento em que estava prestes a naufragar. Não conseguia culpá-la. Diante dessa constatação, beberam mais um uísque e começaram a falar sobre Pick.

– Então você investigou essa história? – quis saber Maroutou.

– Sim.

– Acha que ele não escreveu o livro?

– Não acho, tenho certeza – afirmou Rouche, baixando a voz, como se acabasse de revelar um segredo de Estado capaz de colocar em perigo o equilíbrio geopolítico do mundo.

Quanto mais os dois homens sentiam o clima festivo da noite, mais afundavam em suas poltronas. Há momentos em que a alegria dos outros acentua nossa aflição. Uma mulher passou por eles:

– Vocês me lembram Woody Allen e Martin Landau, no fim de *Crimes e pecados*.

– Ah, obrigado – respondeu Rouche, sem saber se aquilo era um elogio.

Ele não se lembrava do filme. Maroutou, por sua vez, sabia que nunca o assistira; sempre preferira a leitura ao cinema. Mas o que ele gostava ainda importava? Todos os livros que tinha lido, apreciado e defendido formavam um amontoado de palavras incompreensíveis; tinha a impressão de que não lhe restava mais nada de belo. A seus olhos, sua vida formava um objeto grotesco.

– Vou buscar mais dois uísques – disse Rouche.

– Ótima ideia – respondeu seu companheiro de festa, que já não ouvia direito o som da própria voz.

Maroutou sentia uma espécie de vibração caótica: um burburinho que o impedia de distinguir o que vinha de fora de seus pensamentos. O CEO da editora Grasset, Olivier Nora, estava fazendo um pequeno discurso agradecendo a todos pelo empenho, especialmente a Delphine Despero. Maroutou reconheceu a jovem editora, que parecia constrangida de estar no centro das atenções; todos a encaravam. Pela primeira vez, ela parecia perder a autoconfiança. O que a tornava mais humana e enternecedora. Seu chefe lhe pediu para dizer algumas palavras. Embora tivesse preparado seu discurso, ela gaguejou um pouco. Todo mundo olhava para ela, seus familiares também. Seus pais estavam ali, e Frédéric, é claro, que exibia um grande sorriso. Só faltava àquela celebração literária um representante da família do autor. Joséphine, que deveria desempenhar esse papel, não comparecera. Não conseguiram entrar em contato com ela.

De seu lugar recuado, e apesar da visão um pouco turva, Maroutou observava tudo. Achou que Delphine parecia uma adolescente, perdida numa roupa grande demais, de adulta. Ele se levantou de repente e caminhou na direção dela num passo nervoso. Não ouviu Rouche perguntar onde estava indo. Alguns olhares se voltaram para aquele homem que abria caminho de maneira ostensiva; aquele homem que pegou bruscamente o microfone de Delphine e disse as seguintes palavras:

– Bom, agora chega! Todo mundo sabe que Pick não escreveu esse livro!

PARTE VIII

1

A notícia estrondosa foi disseminada pela imprensa no dia seguinte e invadiu as redes sociais. Apreciadores de complôs de todo tipo se empolgaram. A tentação de não acreditar em versões oficiais sempre é grande demais. O dono da editora Grasset avaliou que a pequena polêmica não seria ruim para impulsionar ainda mais o livro em sua trajetória de sucesso, mas recusou categoricamente a hipótese de que *As últimas horas de uma história de amor* pudesse ter sido escrito por outro autor. O romancista Frédéric Beigbeder aproveitou a ocasião para escrever uma crônica: "Pick sou eu!". Afinal, o romance fora publicado por sua editora. E, como um grande especialista em Rússia (onde situara um de seus romances), conhecia Púchkin muito bem. De certo modo, era plausível. Os jornalistas o perseguiram por alguns dias e ele aproveitou para anunciar a publicação de um próximo livro. Como marketing, foi perfeito. Agora, ninguém ignorava a existência de seu novo romance, e nem mesmo de seu título: *A amizade (também) dura três anos*.

Obviamente, ele não escrevera o livro de Pick. E nada provava aquilo que Maroutou afirmara com veemência em pleno coquetel. Comentava-se que, totalmente bêbado naquela noite, ele fora influenciado pelo jornalista Jean-Michel Rouche. O frenesi se voltou então para este último. Correram boatos de que ele conhecia a verdade sobre o livro. Rouche recusou todos os convites para explicar os motivos de sua convicção. Que ironia ser o centro das atenções depois de ter sido o maior leproso de Paris. Os que não atendiam seus telefonemas tinham como que por encanto recuperado o desejo de vê-lo. Mas o prazer dos primeiros momentos logo se transformou em repulsa por aquela pantomima. Decidiu não dizer nada. Tinha a carta de Pick, provavelmente a única que aquele homem jamais escrevera; não presentearia os urubus com ela, sem mais nem menos.

    Não era apenas uma questão de vingança: armado de sua certeza, não queria revelar nada antes de poder esclarecer tudo. Aquele caso era seu, e ele precisava ser discreto se quisesse ter uma chance de levá-lo até o fim. A declaração de Maroutou complicara tudo. Ele começava a formar uma ideia do autor que se escondia por trás de Pick, mas não falaria sobre isso com mais ninguém, muito menos com outro alcoólatra moribundo. A única pessoa a quem teria contado tudo era Brigitte. Mas ela não estava mais ali para ouvi-lo. Desde o rompimento, não atendia mais suas ligações. Ele deixara todo tipo de mensagens na secretária eletrônica dela, de todos os tons, do humor ao desespero, mas nada adiantara. Quando saía para caminhar, procurava algum Volvo a seu redor. Assim que avistava um, verificava o estado da lataria. Nenhum tinha arranhões. Concluiu que todo mundo era amado, menos ele.

2

Daquela vez, Rouche pegou o trem. Ele sempre gostara daquele meio de transporte propício à leitura. Por que não o tomara da última vez? Poderia ter se perdido em pensamentos sem danificar o veículo. Agora, avançaria na leitura do romance de Bolaño. Uma experiência muito particular. Grande conhecedor da literatura alemã, Rouche estava fascinado com a narrativa febril de *2666* e com o entrelaçamento de vários livros dentro de um projeto gigantesco. As histórias se perdiam em labirintos narrativos. Em sua mente, ele formou dois times: García Márquez, Borges e Bolaño contra Kafka, Mann e Musil. Entre eles, um homem que oscilava entre os dois mundos, uma espécie de árbitro: Gombrowicz. O jornalista se deixou embalar por aquele embate literário, reescrevendo a história de um século por meio de vírgulas.

De repente, tudo lhe pareceu lógico: ele visitaria uma biblioteca.

Por que nunca escrevera um romance? Para falar a verdade, tentara várias vezes. Páginas e páginas de tentativas estéreis. Então começara a julgar os outros, às vezes com severidade. Aquilo tornara impossível a ideia de publicar um romance, mesmo medíocre como os que lia. Folheando certas obras, no entanto, ainda pensava: por que não eu? Ao fim daquele longo caminho, em que se mesclavam inveja e frustração, Rouche desistira definitivamente. Admitir que não tinha capacidade de escrever foi quase um alívio. Vivera sob o peso do inacabado, com a sensação de não estar totalmente realizado. Talvez por isso a biblioteca dos livros recusados falasse tanto a sua alma. Ele entendia perfeitamente o ato de renunciar.

3

Em Crozon, chovia torrencialmente naquele dia. Não se via nada, aquele poderia ser qualquer outro lugar.

4

Sem dinheiro para pegar um táxi, Rouche precisou esperar a chuva passar dentro da estação de trem. Sentado perto de uma lancheria, foi objeto de alguns olhares. Alguns passantes o tomaram por um pedinte, sem ele perceber, por causa de seu impermeável, totalmente puído em alguns pontos. Rouche sempre se sentira muito bem naquele casaco que o fazia parecer um romance inacabado. Poderia comprar outro, Brigitte várias vezes o convidara a ir ao shopping.[1] Ela sugeria aproveitar as promoções, mas não, ele preferia viver e morrer com aquele farrapo nas costas.

Brigitte o deixara, mas ele ainda usava o mesmo casaco. Aquilo pareceu estranho. Quantas mulheres conhecera desde que tinha aquele impermeável? Ele se lembrava de tudo, e poderia recompor sua vida sentimental nos últimos anos através do prisma de um tecido. Lembrou-se dos momentos com Justine, quando o pendurava num cabideiro de uma brasserie chique de Paris; da viagem com Isabelle para a Irlanda, onde foi muito bem protegido do vento; por fim, das brigas com Brigitte. Enquanto Rouche mergulhava nas memórias vividas com seu impermeável, o tempo passava, e a chuva parava em Crozon.

---

1. Sem dúvida a atividade que ele mais detestava no mundo, ao lado da prática de qualquer esporte; a ideia de entrar numa Zara ou numa H&M o enlouquecia, principalmente por causa da música.

5

A biblioteca podia ser alcançada a pé. Caminhando, Rouche repassou a história que o levara até ali. Pesquisara a origem daquele estranho projeto de manuscritos recusados. Recolhera algumas informações sobre Jean-Pierre Gourvec. E lera *O aborto*, de Richard Brautigan. De modo geral, Rouche não gostava muito da literatura americana. Com exceção de Philip Roth, o único que em sua opinião se salvava. Na época de sua crônica semanal, ele desancara Bret Easton Ellis, dizendo-o "o escritor mais superestimado do século". Que idiotice, agora se arrependia de escrever tantos disparates, de bancar o inteligente com frases grandiloquentes e definitivas. Não renegava suas opiniões, mas a maneira como as expressara. Às vezes tinha vontade de reescrever seus artigos. Aquele era Rouche, um homem sempre atrasado em relação à melhor versão de si mesmo. E também em seus relacionamentos: não conseguira dizer a tempo o monólogo que preparara para Brigitte. Enquanto caminhava até a biblioteca, no entanto, Rouche finalmente tinha a sensação de estar vivendo o presente. Estava exatamente onde devia estar.

Mas sua certeza foi abalada. Ainda havia uma defasagem entre a excitação que sentia e a realidade. Em outras palavras: a biblioteca estava fechada. Uma mensagem presa à porta anunciava:

Volto dentro de alguns dias.
Grata pela compreensão.

MAGALI CROZE
Encarregada da biblioteca municipal de Crozon

Exatamente como Joséphine. Desde o início de sua investigação, sempre que tentava se encontrar com uma mulher, ela desaparecia antes mesmo de sua chegada. Seria um sinal? Seria culpa dele? Elas talvez se comunicassem para não ter que falar com ele. Somado à separação de Brigitte, aquilo era demais para um só homem. O que fazer? Ele precisava vê-la, a todo custo. Ela poderia lhe dizer exatamente como o suposto romance de Pick fora descoberto. E ele também queria muito saber mais sobre a personalidade de Jean-Pierre Gourvec. Rouche estava convencido de que precisava vasculhar o passado daquele homem.

6

Por enquanto, ele precisava decifrar o que "alguns dias" queria dizer. Era outro ponto em comum com o "algum tempo" de Joséphine. A clareza não era um dos méritos daquelas mulheres. Entrou nas lojas dos arredores, da peixaria à papelaria, tentando obter informações sobre a volta de Magali. Ninguém sabia de nada. Ela saíra sem mais nem menos, deixando apenas a mensagem enigmática. Todos confirmaram que se tratava de uma mulher muito profissional, que trabalhava duro para manter a biblioteca viva. Ao que parecia, sumir daquele jeito era totalmente atípico para ela.

Numa lavanderia, Rouche conversou com uma mulher alta e magra como uma escultura de Giacometti, que lhe sugeriu:

– O senhor deveria perguntar na prefeitura.

– Acha que eles sabem quando ela vai voltar?

– A biblioteca é municipal, o prefeito é o chefe. Ela com certeza o informou de sua ausência. Aliás, eu também gostaria de saber. Ela me deixou um tailleur rosa e preciso saber quando virá buscá-lo. Se a encontrar, por favor pergunte.

– Muito bem, pode deixar...

Rouche foi encarregado de transmitir aquela mensagem a Magali, mas era pouco provável que aquela fosse a primeira coisa que lhe diria se conseguisse encontrá-la. Ele caíra bem baixo profissionalmente, mas daí a se tornar mensageiro de lavanderia... Por causa de um tailleur rosa, ainda por cima.

7

Na prefeitura, uma secretária cinquentona lhe explicou que Magali se ausentara sem fornecer uma data de retorno.

– A senhora não achou isso preocupante?
– Não, ela tinha várias férias atrasadas. O senhor sabe, aqui todo mundo se conhece.
– O que quer dizer com isso?
– Que trabalhamos confiando uns nos outros. Não fico chocada que tenha saído sem avisar o prefeito. Ela faz um trabalho formidável, então tem o direito de descansar.
– Mas ela já tinha feito isso antes? Sem avisar?
– Não que eu lembre.
– Se me permite perguntar, desde quando trabalha aqui? – perguntou Rouche.
– Desde sempre. Fiz um estágio aos dezoito anos, e ainda estou aqui. Não vou lhe dizer minha idade, mas enfim, faz um bom tempo.
– Posso lhe fazer outra pergunta?
– Sim.
– A senhora conheceu Henri Pick?
– Vagamente. Conheço mais sua mulher. Tentamos fazer uma pequena cerimônia para ela na prefeitura, mas ela recusou o convite.
– Que tipo de cerimônia?
– Para o livro de seu marido. O romance. O senhor não ouviu falar?
– Sim, claro. E o que a senhora pensa?
– Sobre?

– Sobre essa história? O romance escrito por Henri Pick?

– Penso que faz uma propaganda extraordinária. Temos recebido muitos curiosos. É bom para o comércio. É muito simples: se tivéssemos contratado uma agência de publicidade para falar da cidade, não teriam feito melhor. Quanto à biblioteca, daremos um jeito. Tenho uma estagiária aqui que pode ao menos abrir as portas. Não podemos decepcionar os novos visitantes.

Rouche analisou aquela mulher por um instante. Ela tinha muita energia. Cada uma de suas respostas brotava de sua boca como que lançada por uma catapulta de palavras. Percebia-se que responderia a todo tipo de pergunta por horas a fio com a mesma vivacidade. Ela tinha acabado de mencionar algo crucial. Rouche concordou: sem dúvida nunca se falara tanto de Crozon. Talvez toda aquela história de manuscrito reencontrado tivesse sido fomentada por um gênio bretão da publicidade. Subitamente, ele perguntou:

– E Jean-Pierre Gourvec, a senhora o conheceu?

– Por que me pergunta isso? – a secretária perguntou secamente, numa ruptura total com a primeira parte da conversa entre eles.

– Sem motivo. Só para saber. Foi ele que trouxe para cá a ideia da biblioteca dos livros recusados.

– Ah, sim, ideias ele tinha. Mas depois...

– O que quer dizer com isso?

– Nada. Enfim, se o senhor não se incomoda, preciso voltar ao trabalho.

– Está bem – respondeu Rouche, sem insistir. Aparentemente, havia um desconforto entre aquela mulher e Gourvec. Ela ficara toda vermelha ao ouvir o nome do bibliotecário. Depois do rosa do tailleur de Magali, sua investigação seguia uma variação de tons daquela cor. Ele agradeceu calorosamente a ajuda preciosa e foi embora.

Sua investigação não avançara muito naquele dia. Precisava decidir o que fazer. O que poderia ser? Beber algumas cervejas em algum lugar; era uma ideia, mas não das mais construtivas. Lembrou então que tinha algo melhor a fazer: uma visita ao próprio Henri Pick, no cemitério.

8

É verdade que Magali não era do tipo que se ausentava assim, sem avisar; de modo geral, ela não era do tipo que fazia qualquer coisa sem premeditação; sua vida era uma sucessão de planejamentos.

 Enquanto dirigia naquela noite, alguns dias antes, ela precisara parar várias vezes. Parar para ter certeza de que realmente vivera o que tinha vivido. Suas ideias não estavam claras (estavam inclusive totalmente confusas), mas, assim que parava para respirar, era invadida por um cheiro estranho. O cheiro de Jérémie. O cheiro em sua pele era tenaz, a prova física de que ela não sonhara. Um jovem a desejara de maneira simples e brutal, e ela se perguntava o que estava fazendo dirigindo naquela direção, deixando a beleza para trás. Várias vezes pensara em dar meia-volta, embora fosse proibido naquela parte da rua marcada por uma linha branca. E daí? Não seria uma linha que a impediria de agir. No entanto, continuara dirigindo na direção de sua casa, e o trajeto lhe pareceu tão longo e sinuoso quanto suas tergiversações.

 Seu marido telefonara várias vezes, preocupado com sua ausência. Magali usara a desculpa do inventário; ele nem lembrara que ela sempre fazia seus inventários durante o dia, quando a biblioteca estava fechada. Qualquer pessoa minimamente interessada por sua pessoa teria percebido que ela não dizia a verdade. Mas por que ela mentiria? Ninguém mentia em Crozon. Não havia motivo. Então ele se preocupara, pois sua ausência naquela noite era algo fora do comum, mas só isso, nada mais.

 Chegando em casa, Magali estava pronta para explicar tudo. Talvez ele notasse seus cabelos desfeitos, sua roupa amassada, seus trejeitos de felicidade? Sim, José perceberia tudo. Pois era visível, saltava aos olhos, e ela não tinha a menor capacidade de mascarar a verdade. Mas tudo parecia diferente naquela noite; ela ficou surpresa com a atitude quase ansiosa de seu marido. Magali sempre pensara que poderia sumir por dois ou três dias antes de ele perceber sua ausência. Podiam passar noites inteiras sem se dirigir a palavra, e outras apenas ocupados em detalhes de ordem prática – decidir, por exemplo, quem faria compras no dia seguinte. Ela precisava admitir que se enganara; ele telefonara para saber o que ela estava fazendo. O que ela queria, ao certo? Talvez tivesse preferido sua indiferença, para que José não perturbasse, com suas ligações, o prazer que ela estava vivendo.

Pensava constantemente naquele prazer. Uma vertigem. Jérémie pedira para acordá-lo na manhã seguinte "com sua boca", ela ficara obcecada com aquela frase, enquanto outra parte de sua mente pensou: ele não estará mais lá amanhã. Ele dissera aquilo, mas a verdade era outra: ele terá ido embora. Terá voltado para casa, ou estará transando com outra do mesmo tipo que ela; não seria difícil de encontrar alguma, havia mulheres como ela em toda parte, mulheres que não aguentavam mais não serem tocadas, mulheres que se achavam gordas e feias. Era isso, ele devia deixar lembranças perenes por onde passasse, aquele era seu legado, já que não conseguia ser publicado. Sim, com certeza, ele não estaria mais lá. Ela sorriu por ter chegado a imaginar o contrário.

Em casa, Magali atravessou a sala sem fazer barulho. Ficou surpresa de constatar que todas as luzes estavam apagadas. Aquela não parecia a casa de um homem preocupado. Aproximou-se silenciosamente do quarto, onde descobriu o marido, de boca aberta, mergulhado num sono de profundeza abissal.

9

Magali ficou acordada grande parte da noite. E saiu cedo no dia seguinte, depois de passar uma hora no banheiro. Não precisara se explicar ao marido, que dormira durante todo o período de sua permanência em casa. De todo modo, ele ficaria contente ao acordar, pois o café estava quente e a mesa, posta para o desjejum.

Ela abriu a porta da biblioteca ao alvorecer – tudo estava extremamente silencioso, como se os livros também dormissem – e passou pelas estantes que levavam a seu gabinete. Seu coração batia de um jeito novo, num ritmo inédito. Poderia ter caminhado com pressa, corrido para ver o que descobriria, mas gostava daquele tempo de espera; por alguns metros, alguns segundos, tudo ainda era possível. Jérémie poderia estar lá dentro, dormindo, esperando ser acordado por sua boca. Ela abriu suavemente a porta e viu o jovem deitado, mergulhado num sono mais pacífico que um lago suíço. Fechou a porta e a abriu de novo, para ter certeza de que não se tratava de uma visão. Então aproximou-se para contemplá-lo de perto. Na véspera, não ousara encará-lo e várias vezes desviara o rosto quando seus olhos se cruzavam. Agora, podia admirá-lo, deter-se em cada detalhe de seu corpo, ficar atordoada com sua beleza. Precisava acordá-lo com a boca. Ele queria ser beijado? Ela começou a beijar seu peito com toda suavidade, depois sua barriga, e ele começou a estremecer; pousou a mão na cabeça dela, acariciando seus cabelos por um instante e depois dirigiu-a um pouco mais para baixo.

Mais tarde, Magali preparou um café e o levou a Jérémie. Ela se sentou atrás da escrivaninha. Durante a noite, ele devia ter percorrido as estantes, pois reunira uma pequena pilha de livros a seu lado. Magali identificou, entre outros: Kafka, Kerouac, Kundera. Concluiu que ele consultara apenas a letra K. Ele hesitou entre *Os vagabundos iluminados* e *O processo*, mas acabou mergulhando na leitura de *Risíveis amores*. Magali o observou por um instante e perguntou:

– Está com fome? Quer que eu busque uns croissants?

– Não, obrigado. Tenho tudo de que preciso aqui – ele respondeu, mostrando seu livro.

Ela saiu para abrir a biblioteca aos leitores. Foi um dia particularmente calmo, o que possibilitou a Magali várias visitas a Jérémie. Às vezes, ele pedia que ela se aproximasse e passava a mão entre suas coxas. Ela se deixava acariciar sem abrir a boca. O que aconteceria? O que ele queria? Quanto tempo ficaria? Ela queria apenas aproveitar aquela loucura, mas sua mente era invadida por uma avalanche de perguntas. Jérémie já não parecia tão marginal ou torturado quanto na véspera; hoje parecia um bon-vivant, que aproveitava os presentes da vida. No fim do dia, ela foi comprar uma garrafa de vinho e algo para comer, e ambos se sentaram diretamente no chão. Conversaram mais do que na véspera. Jérémie falou de sua dificuldade de relacionamento com os pais, especialmente com a mãe; estudara num colégio interno, depois morara numa residência estudantil, e agora fazia cinco anos que não os via. "Talvez estejam mortos", murmurou, antes de admitir que era pouco provável; ele teria sido avisado. Pensar naquilo gelou o sangue de Magali. Quando via jovens pedindo esmola na frente do supermercado, pensava que problemas de relacionamento com a família deviam estar na origem daquela situação. Pensou em seus filhos, pensou que não os via o bastante. Talvez não lhes demonstrasse suficientemente seu amor.

Encorajada por Jérémie, Magali começou a falar de seus pais. Morreram havia muito tempo, ela nunca falava sobre eles. Ninguém perguntas a ela sobre sua infância. Ficou subitamente comovida. Há anos vivia sem se perguntar o que lhe faltava ou não. Compreendeu subitamente que sofria por não ter a mãe a seu lado. Pensava que aquela morte fora uma *coisa da vida*, como as pessoas diziam. Agora entendia que o fato de a morte ser comum não impedia que fosse sentida como um escândalo emocional do qual podia ser impossível se recuperar.

      Ela dava nome e explicações aos abismos que a habitavam, ao fato de ter desistido de seu próprio corpo. Jérémie sentiu sua aflição e a consolou carinhosamente.

10

Os dias seguintes se passaram do mesmo jeito. Magali alternava momentos de euforia, em que era galvanizada pela força de seus sentimentos, com momentos em que ficava assustada com o que lhe acontecia. Esforçava-se para evitar o marido, o que não era muito complicado. Nos últimos tempos, José estava particularmente cansado pelo ritmo de trabalho imposto pela Renault. Agora trabalhava em tempo integral. Para que as fábricas continuassem na França, os esforços precisavam ser redobrados, era preciso mostrar que a perícia nacional não podia ser trocada por mão de obra de baixo custo. A concorrência feroz tinha como consequência a exploração ainda maior dos trabalhadores, de todos os tipos: os que queriam manter seus empregos, os que esperavam por um emprego. Os dois lados perdiam. José esperava a aposentadoria como uma libertação. Finalmente poderia aproveitar a vida, isto é, pescar e caminhar pelo litoral. Talvez sua mulher o acompanhasse algumas vezes; havia muito que não passavam tempo juntos, só por passar, sem objetivo, caminhando um pouco e tentando se perder.

Jérémie ainda dormia no gabinete; Magali apenas lhe levara uma coberta. Ele não parecia incomodado com a falta de conforto. Ela não ousava perguntar por quanto tempo ele pensava ficar. Um dia, ele simplesmente anunciou:

– Preciso voltar para casa.

– Quando?

– Amanhã.

– ...

– Pegarei o trem para Paris. Dormirei lá uma noite, e domingo voltarei para Lyon. Um amigo me ofereceu um emprego de meio período. Não posso recusar, você entende?

– Sim. Entendo.

– Tenho um quartinho em Lyon, num telhado. É pequeno, mas suficiente. Você poderia vir.

– Ir... com você?

– Sim. O que a impede?

– Ora... tudo.

– Não quer ficar comigo?

– Sim, claro que sim. A questão não é essa, mas... tenho o trabalho...

– Feche a biblioteca. Diga que ficou doente. Em Lyon, com sua experiência, logo encontrará alguma coisa. Tenho certeza.

– E meu marido?

– Você não o ama mais. E seus filhos estão crescidos. Seremos felizes. Há algo entre nós. Meu destino era trazer meu livro até aqui, para conhecer você. Ninguém nunca foi tão gentil comigo.

– Mas não fiz nada de especial.

– Essa foi a melhor semana da minha vida, deitado aqui, entre os livros, com você me procurando de tempos em tempos. Gosto de fazer amor com você. Você não gosta?

– Eu... sim.

– Então? Vamos, amanhã.

– Mas... tudo está acontecendo tão rápido.

– Qual o problema? Você vai se arrepender se não for comigo.

Magali precisou se sentar. Jérémie falara com calma, como se tudo fosse simples e evidente. Para ela, no entanto, aquilo representaria uma revolução em sua vida. Começou a pensar: ele tem razão, preciso deixar tudo para trás, não posso pensar, é óbvio que não posso ficar sem esse homem, não posso viver sem seu corpo, seus beijos, sua beleza, eu nunca poderia continuar vivendo sabendo-o longe, sim, Jérémie tem razão, não amo mais meu marido, não questiono meus sentimentos quando estou com ele, é um fato estabelecido, definitivo, até a morte, ele está me convidando para fugir dessa morte que me espera, me oferece a vida enquanto estou sufocando, não respiro mais entre os livros, eles me asfixiam, todas essas histórias me impedem de ter a minha própria, todas essas frases, todas essas palavras há tantos anos, os romances me cansam, os leitores me esgotam e os escritores fracassados mais ainda, não aguento mais os livros, eu gostaria tanto de fugir da prisão dessas estantes, acalme-se, Magali, acalme-se, todo mundo pensa assim, certamente, depois de um tempo todos sentem desgosto por suas vidas e suas profissões, mas eu amei os livros, eu amei José e com certeza ainda o amo se for honesta comigo mesma, mas não compartilhamos mais muita coisa, ele se tornou uma presença, a presença de sempre, infalível e insensível, estamos unidos por nosso passado, nossas lembranças, talvez isso seja o mais importante, as lembranças que provam que o amor existiu, e temos a prova física desse amor em nossos filhos, meus filhos que se afastam, antes eu era tudo para eles, e agora recebo apenas ligações rápidas, um carinho técnico, um bom-dia igual ao boa-noite, eles certamente reagiriam a minha partida, um diria que a vida é minha, o outro que enlouqueci por fazer isso com papai, mas a opinião deles, no fundo, não me interessa, não julgo as escolhas deles, então eles precisam me deixar livre agora, livre para tentar ser feliz.

11

Mais uma vez, Magali dormiu muito pouco. Pensou no livro de Henri Pick. Viu na obra uma incrível ressonância com sua própria história. Com quem vivia as últimas horas de uma história de amor? Com Jérémie ou com José? Durante a noite, ela observou o marido, como se contemplasse a paisagem de um último dia de férias. Querendo memorizar tudo. Ele dormia profundamente, sem desconfiar do perigo afetivo que o rondava. Tudo parecia confuso naquele momento, mas Magali sabia de uma coisa: não poderia continuar vivendo como antes.

De manhã, saiu sem acordá-lo. Era um sábado, ele não trabalhava, dormiria no mínimo até meio-dia. Assim que ela entrou na biblioteca, Jérémie perguntou o que havia decidido. Ela imaginou que ainda teria alguns minutos para pensar, mas não, precisava decidir agora mesmo:

– Irei para casa no início da tarde... – ela começou.
– Sim. E depois?
– Pegarei minhas coisas. E partiremos.
– Perfeito – disse Jérémie, caminhando até ela.
– Espere. Espere. Deixe-me acabar – disse Magali, ordenando-lhe com um gesto que recuasse.
– Está bem.
– Conferi os horários. O ônibus para Quimper sai às 15h. Pegaremos o trem para Paris às 17h12.
– Você pensou em tudo. Que lindo.
– ...
– Mas por que não vamos de carro? Seria mais prático.

– Não posso fazer isso. O carro de meu marido está estragado há meses. Ele precisaria comprar outro, mas tudo está muito caro. Ele vai para a fábrica com um colega, e volta também de carona. Enfim, você entende... não posso deixá-lo e também levar o carro.

– Sim, tem razão.

– ...

– Posso me aproximar para abraçá-la, agora? – perguntou Jérémie.

12

A manhã inteira, Magali tentou trabalhar *como se nada tivesse acontecido*. Sempre gostara daquela expressão, que tentava ocultar o essencial; no caso, o precipício de uma decisão importantíssima. Passara várias vezes para ver Jérémie, que parecia um pouco perdido em seus pensamentos.[1] Ele devia estar imaginando romances que nunca seriam escritos; muitas vidas são acalentadas por ilusões. Ela o observava furtivamente, admitindo para si mesma que seria uma loucura partir com ele. Afinal, mal o conhecia. Mas estava vivendo um daqueles raros momentos em que o depois não importa; em que somente a força do agora guia a vida. Sentia-se bem com ele, e pronto. Não precisava tentar definir o que acontecia em seu corpo; as palavras não serviam para nada naquele tipo de situação. Ela poderia abrir qualquer um dos milhares de livros a seu redor, nunca encontraria uma explicação para o seu comportamento.

Por volta do meio-dia, quando a biblioteca esvaziou, ela disse a Jérémie:

– Vou fechar. É melhor que você vá para a rodoviária, onde o encontrarei mais tarde com minhas coisas.

– Perfeito. Posso levar alguns livros? – ele perguntou com suavidade, como se não percebesse o que aquela fuga representava na vida de Magali.

– Sim, claro. Pode. Pode pegar tudo o que quiser.

– Só dois ou três romances, não quero carregar peso, já que não vamos de carro.

---

[1]. Ele era o tipo de homem que, mesmo quando não está fazendo nada, sempre dá a impressão de estar sendo incomodado.

Ele juntou suas coisas, pegou três livros, e os dois saíram da biblioteca. Com medo de serem vistos, separaram-se a uma distância calculada, sem nem mesmo um abraço de despedida.

13

Magali foi direto para o quarto. Seu marido ainda dormia, o que provava seu cansaço. Ela se sentou por um momento na beira da cama e pareceu prestes a acordá-lo; pareceu prestes a lhe contar tudo. Poderia dizer: conheci outro homem e não tenho escolha, preciso ir embora porque vou morrer se o deixar partir e ele nunca mais me tocar. Mas não disse nada e continuou a observá-lo, sem fazer o menor barulho para não perturbar seu sono.

Examinou o quarto. Conhecia cada detalhe de cor. Não havia surpresas ali, em lugar algum – nem o acúmulo de pó tomava liberdades, com seu ritmo preciso. Aquele era o ambiente milimetrado de sua vida, e ela quase ficou surpresa de se sentir reconfortada. Os últimos dias tinham sido divinos em termos de prazer, mas também foram exaustivos. Vivera cada minuto de sua breve paixão com um nó no estômago, enfraquecida pelo medo de ser julgada. A vida talvez fosse calma com José, mas ela começava a admitir que aquela calma também podia proporcionar uma forma de prazer. Havia certa beleza naquele conforto. O que parecera medíocre se revelava agora sob outra luz, e sua vida de sempre pareceu diferente. Ela entendeu que aquilo que rejeitava há uma semana lhe faria falta. Sim, a falta se infiltrava dentro dela, na última hora, quase por ironia. Lágrimas rolaram por seu rosto. Soltou tudo o que segurava desde que se vira na loucura daquele turbilhão emocional.

Levantou-se para pegar uma mochila e guardar algumas coisas. Ao abrir a gaveta, o marido acordou:

– O que está fazendo?

– Nada. Guardando as coisas, só isso.

– Não parece. Está arrumando uma mochila.
– Uma mochila?
– Sim, está enchendo uma mochila. Está indo para algum lugar?
– Não.
– Então o que está fazendo?
– Não sei.
– Não sabe?
– ...
– Parece estar chorando. Tem certeza de que está bem?

Magali permaneceu imóvel, paralisada. Já não sabia nem como respirar. José olhava para ela sem entender. Poderia imaginar que sua mulher era esperada na rodoviária por um homem com a idade de seus filhos? Em geral, ele era insensível às mudanças de humor de Magali. Quando não a entendia, pensava que *era coisa de mulher*. Daquela vez, porém, endireitou-se na cama. Sentira alguma coisa diferente, talvez até grave.

– Me diga o que está fazendo.
– ...
– Pode me dizer.
– Estou preparando uma mochila, pois quero viajar agora mesmo. Imediatamente. Não discuta, por favor.
– Mas para onde?
– Não importa. Vamos pegar o carro e viajar. Por alguns dias, só nós dois. Faz anos que não tiramos férias.
– Mas não posso viajar assim. E o trabalho?
– Não importa, estou dizendo. Tiraremos uma licença médica. Você nunca tirou uma licença médica, em trinta anos. Por favor, não pense.
– A mochila era para isso?
– Sim, eu estava preparando nossas coisas.
– E a biblioteca?
– Deixarei uma mensagem. Vista-se, estamos saindo.

– Mas não tomei café.

– Por favor. Precisamos sair agora, mesmo sem nada. Vamos. Rápido. Rápido. Rápido. Tomaremos café na estrada.

– ...

14

Alguns minutos depois, eles estavam no carro. José nunca tinha visto a mulher daquele jeito e entendeu que devia segui-la em tudo. Afinal, ela tinha razão. Ele não aguentava mais. Estava se matando de tanto trabalhar. Precisavam viajar, deixar tudo para trás, respirar um pouco, só para sobreviver. No caminho, ela parou na biblioteca para deixar um bilhete explicando sua ausência por alguns dias. Dirigiu com pressa, sem saber direito para onde ia, inebriada por aquela incerteza. Finalmente agia sem premeditar nada. José abriu a janela para deixar o rosto ser fustigado pelo vento, pois não tinha certeza de ter acordado direito, tanto o que estava vivendo se assemelhava a um sonho.

15

Sem saber, Rouche cruzara com Jérémie na rodoviária naquele dia. Em seguida, constatara o fechamento da biblioteca, tentara interrogar algumas pessoas nos arredores e conversara com a mulher na prefeitura. Aquilo tudo o levara a um impasse, o que poderíamos considerar algo normal em sua investigação. Ele sempre começava perdendo o que depois encontrava. Até então, a sucessão de fracassos o conduzia à pista certa.

Ele começava a entender por que sua vida o confrontara a importantes desilusões: tivera a pretensão de comandá-la e frequentara as esferas literárias armado de reflexões estratégicas para chegar à vitória. Agora, descobria que também precisava se deixar guiar pela intuição. Por isso sentiu necessidade de visitar o túmulo de Henri Pick. No cemitério, poderia seguir o fio que o levaria aos elementos do passado que lhe permitiriam descobrir a verdade.

O jornalista ficou surpreso com o tamanho do cemitério de Crozon. Havia centenas de túmulos dos dois lados de uma alameda central que desembocava num monumento dedicado às vítimas das duas guerras mundiais. Na entrada, havia uma casinha rosa desbotada, onde vivia o zelador. Este, avistando Rouche, saiu de sua guarita:

– É para Pick?

– Sim – ele respondeu, um pouco surpreso.

– O senhor o encontrará no túmulo M64.

– Obrigado... Tenha um bom dia.

O homem voltou para sua casa, sem dizer mais nada. Era um minimalista da informação. Ele saía, dizia M64 e voltava.

"M64", Rouche repetiu várias vezes em sua cabeça, antes de pensar: até os mortos têm endereço.

Caminhou lentamente por entre as lápides, sem tentar localizar os números, preferindo decifrar cada nome até chegar ao de Henri Pick. Instintivamente, começou a calcular o número de anos vividos por cada falecido. Laurent Honcour (1939–2005) partira cedo, aos 66 anos. Um exemplo entre outros, e o jornalista não pôde deixar de pensar que todos, como ele, tinham vivido vidas ordinárias; cada cadáver tinha, um dia ou outro, feito amor pela primeira vez, brigado com um amigo por um motivo irrisório, e alguns tinham até arranhado seus carros. Ali, ele era um sobrevivente da comunidade humana, da qual localizou, a poucos metros, outro representante. Era uma mulher na casa dos cinquenta anos, que logo lhe pareceu familiar. Ele se aproximou, ainda decifrando os nomes nas lápides, mas teve quase certeza de que aquela mulher estava parada na frente do túmulo de Pick.

16

Chegando a seu lado, Rouche reconheceu Joséphine. Esperara por ela na frente de sua butique para no fim encontrá-la ali. Olhou para o túmulo e viu muitas flores e até algumas cartas. Aquela visão o fez ter uma medida do fenômeno que se criara em torno do romancista. Sua filha permanecia imóvel diante da sepultura, mergulhada num silêncio hipnótico. Não notou a chegada do visitante. Ao contrário das fotos que vira na imprensa, em que ela aparecia com um rosto sorridente quase ridículo, descobriu uma mulher séria. Claro, estava diante do túmulo de seu pai, mas Rouche sentiu que a origem de sua tristeza não estava ali; ao contrário, ela vinha buscar um reconforto que não encontrava fora dos muros do cemitério.

– Seu pai lhe escreveu uma linda carta – ele disse, num suspiro.

– Perdão? – perguntou Joséphine, surpresa com a presença de um homem que só agora avistava.

– A carta que a senhora encontrou é muito tocante.

– Mas... Como sabe? Quem é o senhor?

– Jean-Michel Rouche. Sou jornalista. Não se preocupe. Tentei contatá-la em Rennes, mas a senhora tinha desaparecido. Mathilde me mostrou a carta. Consegui convencê-la a me mostrar.

– Mas por que fez isso?

– Eu queria ver um vestígio escrito... de seu pai.

– Bom, deixe-me em paz. Não vê que quero ficar sozinha?

– ...

Rouche recuou um metro e parou, paralisado. Sentiu-se idiota por não ter antecipado aquela reação. Que falta de delicadeza. Aquela mulher estava no túmulo do pai e ele falava daquele jeito, abruptamente, sobre a carta. Daquela carta tão pessoal, que ele lera contra a vontade dela. O que poderia esperar como resposta? Embora sua investigação o deixasse feliz, estava fora de questão ferir quem quer que fosse. Sentindo que ele continuava atrás dela, Joséphine virou a cabeça. Poderia ter se irritado de novo, mas algo a desarmou. Com seu impermeável puído e molhado, aquele homem mais parecia um bobo inofensivo. Ela perguntou:

– O que o senhor quer, exatamente?
– Não sei se é o momento...
– Fale, sem rodeios. Diga o que tem a dizer.
– Tenho a intuição de que não foi seu pai quem escreveu aquele romance.
– Ah, sim? E por quê?
– Uma intuição. Algo não fecha.
– E?
– Eu queria uma prova. Um vestígio escrito...
– Por isso queria a carta?
– Sim.
– O senhor a leu. E como ela o ajudou?
– A senhora sabe muito bem.
– O que quer dizer com isso?
– A senhora não pode mentir para si mesma. Basta ler duas linhas da carta para ver que seu pai nunca poderia ter escrito um romance.
– ...
– A carta é tocante, mas o vocabulário é tão simples, e ela é tão ingênua, cheia de erros... Enfim, a senhora não concorda?
– ...
– Percebe-se que ele fez um esforço sobre-humano para escrever aquelas palavras, pois todas as crianças recebem cartas dos pais quando vão para a colônia de férias.
– Uma carta escrita às pressas para uma criança e um romance. Não é a mesma coisa.

– Seja sincera. A senhora sabe tanto quanto eu que seu pai não poderia ter escrito um romance.

– Não sei. E como ter certeza? Não podemos perguntar a ele.

Os dois olharam para o túmulo de Henri Pick, mas nada aconteceu.

17

Uma hora depois, Rouche estava na sala de estar de Madeleine, com uma xícara de chá de caramelo à sua frente. Joséphine estava morando ali, ele adivinhou, desde o trauma da traição de Marc. Ela tentava encontrar um pouco de serenidade, se recompor. Só saía para ir ao cemitério. No entanto, guardava rancor do pai. Seu romance póstumo semeara o mal. Madeleine dizia que a atitude inqualificável do ex-genro deveria justamente permitir que a filha virasse a página de uma vez por todas. Não estava errada. A brutalidade dos dias recentes colocava um ponto final em anos de sofrimento; era também aquele luto que ela vivia ali, o fim da esperança de reviver o passado.

Marc deixara inúmeras mensagens de desculpas, tentando se explicar. Extremamente endividado, fora coagido pela nova mulher. Não sabia como conseguira agir com tão poucos escrúpulos. Depois disso, rompera de fato com a mulher, e evocava o reencontro com Joséphine; embora suas motivações iniciais fossem questionáveis, sentira uma felicidade genuína ao estar com ela de novo. Sabia que estragara tudo, mas não poderia esquecer o que tinham vivido. Entendia tudo, agora. Mas era tarde demais. Joséphine nunca mais o veria.

Naquele momento, ela estava sentada num canto da sala, à parte, deixando Rouche e sua mãe conversarem. Madeleine releu a cópia da carta várias vezes, antes de dizer:

– O que quer que eu lhe diga?

– O que quiser.

– Meu marido escreveu um romance. Pronto, é isso. Esse era o seu segredo.

– Mas a carta...

– O que tem?

– É evidente que ele era incapaz de escrever. A senhora não concorda?

– Ah, estou cansada dessa história. Todo mundo enlouquece com esse livro. Veja o estado de minha filha! Isso está passando do ponto. Vou ligar para a editora.

Surpreso, Rouche viu Madeleine se levantar para pegar o telefone fixo. Ela abriu um velho caderninho preto amassado e discou o número de Delphine.

Eram quase oito horas da noite. Ela estava à mesa com Frédéric. Madeleine foi direto ao ponto:

– Um jornalista está na minha casa, ele me disse que Henri não escreveu o livro. Encontramos uma carta.

– Uma carta?

– Sim. Bem mal escrita... Ficamos de fato na dúvida, depois de lê-la.

– Uma carta e um romance não são a mesma coisa – balbuciou a jovem. – E quem é esse jornalista? Rouche?

– Não importa. Me diga a verdade.

– Mas... a verdade é que o nome de seu marido estava no manuscrito. O contrato, aliás, está no nome da senhora. Os direitos autorais vão para a senhora. Isso prova que sempre acreditei que ele fosse o autor.

Delphine colocara a ligação no viva-voz, para Frédéric ouvir a conversa. Ele murmurou: "Peça para ela perguntar ao jornalista quem seria o autor, então". A velha senhora repetiu a pergunta e Rouche respondeu: "Tenho uma hipótese. Mas não posso dizer nada por enquanto. Seja como for, precisamos parar de dizer que o autor do livro é Henri Pick". Delphine tentou acalmar Madeleine afirmando que, até prova em contrário, o autor do romance era de fato seu marido. E que o jornalista devia fundamentar suas palavras, em vez de exumar velhas cartas enviadas a uma criança. Ela acrescentou: "Se encontrássemos uma lista de compras de Proust, talvez considerássemos impossível que ele tivesse escrito os sete tomos de *Em busca do tempo perdido*!". Com essas palavras, ela desejou uma boa noite a Madeleine e desligou.

Frédéric fingiu aplaudir, dizendo:

– Bravo! Belíssimo argumento. A lista de compras de Proust...

– Me ocorreu de repente.

– Porém era certo que isso aconteceria um dia. Você sabia.

– Eles duvidam, é normal. Mas a carta não pode ser um elemento que prove que Pick não escreveu o livro. Eles não têm nenhuma prova concreta.

– Por enquanto... – acrescentou Frédéric, com um sorriso que irritou Delphine ao extremo.

Geralmente tão ponderada, ela saiu do sério:

– O que quer dizer com isso? Minha reputação está em jogo! O livro é um sucesso e todo mundo está elogiando meu faro, ponto final. Vamos parar por aqui.

– Parar por aqui?

– Sim! A história é maravilhosa do jeito que está! – ela disse, se levantando.

Frédéric tentou segurar seu braço, ela o repeliu e correu até a porta, saindo do apartamento.

A ligação de Madeleine avivara a tensão entre eles. Não concordavam, mas antes conseguiam conversar. Por que ela reagira tão brutalmente? Ele correu atrás dela. Na rua, procurou-a com os olhos; ficou surpreso de vê-la tão longe. No entanto, tivera a impressão de ficar sentado não mais de três ou quatro segundos antes de decidir correr atrás dela. Cada vez mais sua percepção do tempo se deformava, consequência de uma defasagem entre os movimentos de sua mente e a duração real do presente. Acontecia-lhe de pensar numa frase por um breve momento e de não acreditar que duas horas tinham se passado naquela fase de criação. Perdia a noção do cotidiano, e aquela sensação se tornava cada vez mais forte à medida que o fim de seu romance se aproximava. O livro era tão longo e árido que os últimos capítulos eram escritos com um cérebro vaporoso. *O homem que disse a verdade* logo chegaria ao fim.

 Começou a correr na direção de Delphine. Em plena rua, na frente de várias testemunhas, pegou-a pelo braço.

– Me solte – ela gritou.

– Não, vamos voltar. Isso não faz sentido. Precisamos conversar sem que a coisa degringole desse jeito.

– Sei o que você vai dizer, e não concordo.

– Nunca a vi desse jeito. O que está acontecendo?

– ...

– Delphine? Responda.

– ...

– Você conheceu outra pessoa?

– Não.

– Então o que foi?

– Estou grávida.

PARTE IX

1

Depois da conversa com Delphine, Madeleine mostrou o contrato a Rouche. Ela de fato receberia dez por cento dos direitos autorais, o que representaria uma quantia considerável. A editora acreditava, portanto, que Pick era o autor do romance. Na continuação da conversa, Madeleine e Joséphine admitiram que tinham se deixado levar por aquela ideia um tanto maluca. Acreditaram naquela possibilidade, mas no fundo sempre acharam-na inverossímil.

– Mas então quem escreveu esse livro? – perguntou Joséphine.

– Tenho uma hipótese – confessou Rouche.

– Fale! – pressionou-o Madeleine.

– Muito bem, vou dizer o que penso. Mas primeiro poderia me servir mais um pouco de seu delicioso chá de caramelo?

– ...

2

Quando todos começaram a falar do fenômeno Pick, vários jornalistas se interessaram por aquele livro recusado pelas editoras. Tentaram saber quem recusara *As últimas horas de uma história de amor*. Talvez conseguissem encontrar o parecer que justificava aquela recusa? Claro que sempre havia a possibilidade de que o pizzaiolo bretão nunca tivesse enviado seu romance a ninguém. Poderia tê-lo escrito sem mostrá-lo a ninguém, até o dia em que o acaso fizera com que uma biblioteca de livros recusados fosse criada perto de sua casa. Ele teria então decidido deixar seu texto naquele refúgio. Era uma hipótese plausível, e as qualidades de um homem que nunca buscara o reconhecimento tinham sido muito elogiadas. Mas ainda era preciso verificar se ele enviara o romance a alguma editora. E nesse ponto não havia nenhum sinal de que isso acontecera.

Para falar a verdade, a maioria das editoras não tinha arquivos sobre os romances recusados; com exceção da Julliard, a famosa editora que publicara *Bom dia, tristeza*, de Françoise Sagan. No subsolo dessa editora, encontravam-se listas de todos os livros recebidos havia mais de cinquenta anos; dezenas de registros com colunas de nomes de autores e títulos. Vários jornais enviavam seus estagiários até lá, para esquadrinhar a improvável lista de todos os que tinham sido recusados. Nenhuma menção a Pick. Rouche, no entanto, guiado por sua intuição, procurara outro nome: Gourvec. Não teria ele também escrito um livro que ninguém quisera? Seu empenho em criar aquela biblioteca de recusados talvez tivesse um motivo pessoal. Rouche pensava que sim, e encontrou a prova: três vezes, em 1962, 1974 e 1976,

Gourvec tentara publicar um romance e o enviara a várias editoras, dentre as quais a Julliard. Todas disseram não. As negativas certamente representaram uma grande dor, pois não se encontrou mais nada depois disso. Gourvec desistira de ser publicado.

Quando encontrou o vestígio do romance recusado pela Julliard, Rouche buscou informações sobre os herdeiros de Gourvec. Sem filhos ou bem materiais, não deixara nada ao morrer. Ninguém jamais saberia que escrevera um livro. Provavelmente se livrara de todos os manuscritos; de todos, menos um. Era o que Rouche imaginava. Criando aquela biblioteca, Gourvec decidira colocar a si mesmo nas estantes; claro que estava fora de questão assinar com seu próprio nome. Escolhera então a pessoa mais anódina da cidade para representá-lo: Henri Pick. Era uma escolha simbólica, uma maneira de materializar seu livro por meio de uma sombra. Para Rouche, as coisas tinham acontecido daquela maneira.

Gourvec era conhecido por dar livros a torto e a direito: era totalmente possível que ele um dia tivesse dado *Eugene Onegin* a Henri. O pizzaiolo, que não costumava receber livros de presente, ficara comovido com aquele gesto e guardara o romance a vida toda. Como não gostava de ler, não o abrira, e portanto não pudera constatar que algumas frases tinham sido sublinhadas:

> *Aquele que vive, aquele que pensa*
> *Acaba desprezando os homens.*
> *Aquele cujo coração bateu*
> *Pensa nos dias que se perderam.*
> *O encantamento não é mais possível.*
> *A recordação e o remorso*
> *Viram feridas.*
> *Tudo isso costuma conferir*
> *Certa cor às discussões.*

Essas frases talvez evocassem o fim de um sonho literário. Quem escreve tem o coração que bate. Quando a esperança acaba, permanece a amargura do inacabado, ou melhor, a ferida da recordação.

Antes de se lançar no rastro de Gourvec, Rouche decidira começar sua investigação encontrando a prova de que Pick não era o autor do livro. Era a primeira e indispensável etapa. Viajara a Rennes e descobrira a carta. E agora estava em Crozon, na casa dos Pick, explicando o que pensava. Rouche ficou surpreso ao ver que mãe e filha aderiam a sua hipótese sem muita dificuldade. Mas precisava levar outro elemento em consideração: as duas tinham sofrido consequências desagradáveis e mesmo dramáticas com aquela publicação. Queriam recuperar suas vidas de antes e se sentiram bastante aliviadas com a ideia de que Henri nunca escrevera romance algum. Mais tarde, Joséphine se daria conta de que uma revelação como aquela as impediria de receber os direitos autorais do romance; naquele momento, porém, somente o aspecto emocional importava.

– Então o senhor acredita que foi Gourvec quem escreveu o romance de meu marido? – perguntou Madeleine.

– Sim.

– Como vai provar isso? – quis saber Joséphine.

– Como eu disse, por enquanto é apenas uma hipótese. Gourvec não deixou nada, nenhum manuscrito, não fez nenhuma confidência sobre sua paixão pela escrita. Gourvec falava muito pouco de si, Magali deixou isso bem claro em sua entrevista.

– Todos os bretões são assim. Não há tagarelas por aqui. O senhor escolheu a região certa para uma investigação – zombou Madeleine.

– Sem dúvida. Mas sinto que há algo a ser compreendido nessa história. Algo que ainda me escapa.

– O quê?

– Quando falei de Gourvec na prefeitura, a secretária ficou toda vermelha. E logo depois me respondeu com frieza.

– E?

– Talvez ela tenha tido uma história com Gourvec, que acabou mal.

– Como a da esposa dele – acrescentou Madeleine, sem saber que sua resposta mudaria o curso dos acontecimentos.

3

Era muito tarde, e, embora Rouche quisesse continuar falando e perguntar a Madeleine o que sabia sobre a esposa de Gourvec, sentiu que seria melhor deixar o resto da conversa para o dia seguinte. Assim como em Rennes, guiado por uma empolgação imediata, ele não planejara onde dormir. E daquela vez não tinha nem mesmo um carro. Por delicadeza, perguntou a suas anfitriãs se elas conheciam um hotel ali perto; mas era quase meia-noite e tudo estava fechado. Era óbvio que passaria a noite com elas, mas ficou envergonhado de não ter sido previdente e de impor sua presença de maneira pouco elegante. Madeleine o tranquilizou, acrescentando que seria um prazer.

– O único problema é que o sofá está em péssimo estado. Não aconselho que durma nele. Mas o quarto de minha filha tem duas camas.

– Meu quarto? – repetiu Joséphine.

– Posso dormir no sofá. Minhas costas já me detestam, isso não vai mudar nossa relação, não se preocupe.

– Não, melhor com Joséphine – insistiu Madeleine, que parecia cheia de afeto por Rouche.

Ela gostava da criança que ainda via nele.

Joséphine guiou Rouche até o quarto, que tinha duas camas de solteiro. Era seu quarto de criança, intacto, pronto para as noites em que ela convidava uma amiga para dormir. As duas camas estavam separadas por uma mesinha sobre a qual havia um abajur laranja. Naquele ambiente, era fácil imaginar crianças conversando noite adentro, trocando confidências. Agora, dois adultos da mesma idade, cada um mergulhado em seu cobertor solitário, pareciam duas retas paralelas. Começaram a falar de suas vidas, e a conversa se estendeu um pouco.

Quando Joséphine apagou a lâmpada, Rouche viu que o teto estava cheio de estrelas luminosas.

4

Acordaram quase ao mesmo tempo. Joséphine aproveitou a penumbra para ir ao banheiro. Rouche percebeu que não dormia tão bem havia muito tempo, certamente devido a uma mistura do cansaço acumulado nos últimos dias e da calma reinante naquela casa. Sentiu alguma coisa dentro de si, embora não fosse capaz de defini-la. Para falar a verdade, sentiu-se mais leve que na véspera, como se tivesse tirado um peso dos ombros. O peso do rompimento com Brigitte, sem dúvida. Por mais que racionalizemos as coisas, é sempre o corpo que decide o tempo necessário para cicatrizar uma ferida emocional. Naquela manhã, abrindo os olhos, ele pôde respirar de novo. A dor tinha passado.

5

Durante o café da manhã, Madeleine falou da mulher de Gourvec. Ela não ficara muito tempo em Crozon, mas Madeleine a conhecera bastante bem. Por um motivo bem simples: Marina, esse era seu nome, trabalhara na pizzaria dos Pick.

– Foi durante minha gravidez – disse Madeleine, num tom neutro que não revelava o drama por trás dessas palavras.[1]

– A mulher de Gourvec trabalhou com seu marido?

– Sim, por duas ou três semanas, depois foi embora. Ela deixou Jean-Pierre e voltou para Paris, acho. Depois, nunca mais deu notícias.

Rouche ficou estupefato; pensara que Gourvec usara o nome de Pick em seu manuscrito por acaso, para não inventar um pseudônimo. Agora descobria que os dois homens estavam ligados.

– Seu marido, portanto, a conheceu mais que a senhora? – ele continuou.

– Por que diz isso?

– Porque a senhora acabou de dizer que estava grávida e que ela a substituiu.

– Eu não podia servir as mesas, mas estava lá praticamente todos os dias. E era sobretudo comigo que ela falava.

– E o que ela lhe dizia?

– Era uma mulher bastante frágil, que esperava ter finalmente encontrado um lugar para ser feliz. Ela dizia que era difícil ser uma alemã na França dos anos 1950.

---

[1]. Madeleine perdera um primeiro bebê no parto, alguns anos antes de ter Joséphine.

– Ela era alemã?

– Sim, mas nem se percebia. Acho que as pessoas nem sabiam. Ela que me disse. Dava para sentir que estava machucada. Mas não sei mais. Não lembro direito.

– E por que ela estava aqui?

– Começou com uma relação epistolar entre eles. Era muito comum, na época. Ela me disse que Gourvec lhe escrevia cartas muito lindas. Então ela decidiu casar com ele e vir para cá.

– Ele escrevia lindas cartas – repetiu Rouche. – Precisamos encontrar essa mulher e ler essas cartas. Seria fundamental...

– É tão importante assim para o senhor provar que meu pai não escreveu esse livro? – interrompeu-o Joséphine, num tom cortante que foi como um banho de água fria no entusiasmo de Rouche.

Ele não soube o que responder. Depois de um momento, balbuciou que precisava saber quem era o autor daquele romance. Era difícil de explicar. Sentira-se completamente vazio depois do que vivera profissionalmente. Tentara fingir, sorrir, apertar as mesmas mãos de antigamente, mas era como se a morte progressivamente se apropriasse de seu corpo. Até que aquela história o sacudira de maneira irracional. Estava convencido de que algo o aguardava no fim daquela aventura, algo importante para sua sobrevivência. Era por isso que queria provas, mesmo que tudo apontasse para a hipótese Gourvec. As duas mulheres ficaram surpresas com aquele monólogo, e Joséphine perguntou:

– E o que vai fazer com essas provas?

– Não sei – respondeu Rouche.

– Escute, minha querida – retomou Madeleine –, para nós também é importante saber. Afinal, apareci na televisão para falar do romance de seu pai. Então, gostaria de saber a verdade antes de morrer.

– Não fale assim, mamãe – disse Joséphine, segurando sua mão.

Rouche não podia saber, mas aquele gesto de Joséphine se tornara cada vez mais raro nos últimos anos. Assim como o carinhoso "minha querida" pronunciado por Madeleine. Contra todos os prognósticos, os acontecimentos recentes aproximaram mãe e filha. As duas tinham ido parar sob os holofotes midiáticos – uma luz de consequências paradoxais, ao mesmo tempo felizes e decepcionantes, inebriantes e insuportáveis. Joséphine acabou concordando com a mãe. Rouche talvez revelasse uma verdade necessária para a tranquilidade das duas. Ele iria em busca daquela Marina, que certamente poderia confirmar que Gourvec se escondia por trás de *As últimas horas de uma história de amor*. E descobririam o motivo da abrupta separação dos dois, após poucas semanas de casamento.

6

No início da tarde, Joséphine acompanhou Rouche de carro até Rennes; de lá, ele pegaria o trem para Paris. Ela, por sua vez, voltaria ao trabalho na manhã seguinte, depois de vários dias de descanso.

7

Depois do rompimento com Brigitte, Rouche voltara a viver em seu quartinho no último andar de um prédio. Aos cinquenta anos, passando por sérios problemas financeiros, ele, no entanto, se sentia feliz naquele domingo à noite, sozinho em seu quarto exíguo. A felicidade é relativa; vários anos antes, se lhe tivessem mostrado aquela imagem de seu futuro, teria ficado aterrorizado. Mas depois de passar por dificuldades e rejeições, via seu pardieiro como um paraíso.

Antes de partir, pedira um favor a Madeleine: que fosse à prefeitura na segunda-feira de manhã para consultar o registro de casamentos. Ela conhecera Marina apenas com o sobrenome Gourvec. Depois da fuga, era provável que tivesse voltado a usar o nome de solteira. Na internet, Rouche não encontrara nenhum registro para Marina Gourvec.

Madeleine se deparou com a mesma mulher que Rouche conhecera dois dias antes. Ela fez sua solicitação e a funcionária respondeu:

– Mas o que todo mundo quer com Gourvec, agora?

– Nada. É que conheci sua mulher, e gostaria de encontrá-la.

– Ah? Ele foi casado? Essa é nova. Pensei que fosse contra compromissos.

Martine Paimpec emendou algumas frases sobre o bibliotecário que não deixaram dúvida: eles tinham se conhecido muito bem. Sem que Madeleine perguntasse nada, ela acabou abrindo e esvaziando um coração cheio de mágoa. Madeleine não ficou surpresa: Gourvec era conhecido por viver com seus livros e por não amar nada nem ninguém. Ela tentou reconfortá-la:

– Não é culpa sua. Na minha opinião, melhor desconfiar de todos os que amam os livros. Eu ao menos vivi tranquila com meu Henri.

– Mas ele escreveu um livro...

– Não tenho certeza. Pode ser que Gourvec o tenha escrito. E, francamente, um escritor colocar o nome de meu marido em seu livro... que maluco! Você não perdeu nada.

– ...

Martine se perguntou se devia considerar aquelas palavras como uma espécie de consolação; afinal, já não importava mais, ele estava morto há muito tempo e ela ainda o amava.

*

Logo depois, ela foi buscar a informação desejada e encontrou o nome de solteira de Marina: Brücke.

*

Duas horas depois, Rouche se contorcia num canto de seu quarto para se conectar à rede wi-fi. Usava a rede do vizinho do terceiro andar, mas só conseguia se conectar num pequeno canto da peça, colado contra a parede. Logo encontrou alguns rastros de Marina Brücke, mas eram perfis do Facebook com fotografias de rostos jovens demais. Acabou encontrando um link para a capa de um disco, no qual se podia ler a seguinte dedicatória:

Para Marina, minha mãe.
Para que ela possa me ver.

O buscador encontrara os nomes Marina e Brücke naquela página. O disco em questão era de um jovem pianista, Hugo Brücke, que gravara as *Melodias húngaras* de Schubert. O nome dizia alguma coisa a Rouche, vagamente; em certa época, gostara de frequentar recitais e ir à ópera. Pensou consigo mesmo que fazia tempo que não assistia a um concerto e que realmente sentia falta de fazê-lo. Procurou outras informações sobre aquele Brücke e descobriu que ele se apresentaria no dia seguinte, em Paris.

8

O concerto estava lotado, ele não conseguiu ingresso. Ficou esperando numa rua estreita, por onde o artista talvez saísse. A seu lado havia uma mulher muito pequena, de idade indefinível. Ela se aproximou:

– O senhor também gosta de Hugo Brücke?

– Sim.

– Assisti a todos os seus concertos. Em Colônia, no ano passado, foi divino.

– E por que não assistiu ao de hoje? – perguntou Rouche.

– Nunca assisto quando ele toca em Paris. Por uma questão de princípios.

– Como assim?

– Ele mora aqui. Então não toca tão bem em Paris. Hugo não toca da mesma maneira em sua cidade. Quando está viajando, é diferente. Me dei conta disso. É ínfimo, mas eu percebo. E ele sabe muito bem, pois sou sua maior admiradora. Depois de cada concerto, sempre tiro uma foto com ele. Em Paris, espero diretamente na saída.

– A senhora acha que ele toca pior em Paris, é isso?

– Eu não disse "pior". É apenas diferente. Em termos de intensidade. E sim, eu disse a ele, que ficou intrigado. É preciso realmente conhecer sua música para perceber.

– Impressionante. E a senhora é sua maior admiradora?

– Sim.

– Então sabe que ele dedicou seu último disco a Marina...

– Claro, sua mãe.

– Com uma frase um pouco enigmática: "Para que ela possa me ver".

– É muito bonito.

– Porque ela morreu?

– Não, absolutamente. Ela às vezes vem vê-lo, ou melhor, ouvi-lo. Ela é cega.

– Ah...

– Eles têm uma relação fusional. Ele a visita praticamente todos os dias.

– Ela mora onde?

– Num residencial geriátrico, em Montmartre, La Lumière. Seu filho escolheu um quarto com vista para a Sacré-Cœur.

– A senhora me disse que ela era cega.

– E daí? Não enxergamos apenas com os olhos – concluiu a mulherzinha.

Rouche olhou para ela tentando esboçar um sorriso, mas não conseguiu. Ela quis perguntar por que ele fazia todas aquelas perguntas, mas não perguntou. O jornalista finalmente tinha todas as informações que procurava, então agradeceu e foi embora.

Alguns minutos depois, Hugo Brücke saiu e, mais uma vez, tirou uma foto com sua maior admiradora.

9

Na manhã seguinte, Rouche entrou no residencial La Lumière com o coração batendo forte. Aquele era um nome simbólico para concluir uma investigação, ele pensou. Uma moça na recepção perguntou o motivo de sua visita e ele explicou que queria falar com Marina Brücke.

– O senhor quer dizer Marina Gourvec?
– Hã... sim.
– O senhor é da família? – perguntou a mulher.
– Não exatamente. Sou amigo de seu marido.
– Ela não é casada.
– Ela foi casada, há muito tempo. Diga-lhe apenas que sou amigo de Jean-Pierre Gourvec.

Enquanto a mulher subia até o quarto de Marina, Rouche esperou numa grande sala, onde cruzou com vários idosos. Eles passavam por ele, fazendo-lhe pequenos sinais com a mão. Ele teve a impressão de que não o consideravam um visitante, mas um novo residente.

A moça da recepção voltou e convidou-o a segui-la até o quarto. Ao chegar, ele viu Marina de costas. Estava sentada de frente para a janela, da qual de fato se via a Sacré-Cœur. A velha senhora girou a cadeira de rodas e se voltou para o visitante.

– Bom dia, senhora – murmurou Rouche.
– Bom dia. O senhor pode deixar o casaco em cima da cama.
– Obrigado.
– Deveria comprar um novo.
– Como?
– Seu impermeável. Está todo puído.

– Mas... como pode... – balbuciou Rouche, incrédulo.
– Não se preocupe, estou brincando.
– Brincando?
– Sim. Roselyne, da recepção, sempre me passa alguma informação sobre meus visitantes. É uma brincadeira entre nós, para nos divertirmos. Ela recém me disse: "O impermeável dele está completamente puído".
– Ah... Sim. De fato. Me assustei, mas é engraçado.
– Então o senhor é amigo de Jean-Pierre?
– Sim.
– Como ele está?
– Sinto muito dizer-lhe, mas... ele morreu há muitos anos.

Marina não respondeu. Era como se nunca tivesse cogitado aquela hipótese. Para ela, Gourvec ainda tinha vinte anos, não era um homem que podia envelhecer, e menos ainda morrer.

– Por que veio me ver? – perguntou Marina.
– A última coisa que quero é incomodá-la, mas gostaria muito de recompor alguns elementos da vida dele.
– Por quê?
– Ele criou uma biblioteca bastante peculiar e eu gostaria de lhe fazer algumas perguntas sobre o passado dele.
– O senhor me disse que era seu amigo.
– ...
– Bom, ele não falava muito. Lembro-me de longos silêncios com ele. O que gostaria de saber?
– A senhora só viveu algumas semanas com ele antes de voltar a Paris. No entanto, tinha acabado de se casar. Ninguém em Crozon sabe o motivo de sua partida.
– Ah, sim, ninguém... Imagino que as pessoas devam ter se perguntado. E Jean-Pierre não disse nada, o que não me surpreende. Tudo isso está tão longe, agora. Então posso dizer a verdade: não éramos um casal de verdade.
– Não eram? Não entendo. Pensei que vocês tivessem trocado cartas de amor.

– Foi o que fizemos todos acreditar. Mas Jean-Pierre nunca me enviou sequer um bilhete.

– ...

Rouche imaginara cartas inflamadas que seriam as provas que buscava. Aquela informação o desagradava, embora não mudasse nada. Tudo ainda se encaixava e ele seguia convencido de que Gourvec era de fato o autor do romance.

– Nenhuma carta? – ele repetiu. – Mas ele escrevia?

– Escrevia o quê?

– Romances?

– Que eu lembre, não. Ele adorava ler, isso sim. O tempo todo. Passava a noite com a cabeça enfiada nos livros. Murmurava enquanto lia, vivia a literatura. Eu gostava de ouvir música, mas ele venerava o silêncio. Éramos incompatíveis por causa disso.

– Foi por isso que a senhora foi embora?

– Não, absolutamente.

– Então por quê? E o que quer dizer com não serem um casal de verdade?

– Não sei se devo lhe contar minha vida. Não sei nem quem o senhor é.

– Sou uma pessoa que acredita que seu marido escreveu um romance depois que vocês se separaram.

– Um romance? Não sei se estou entendendo. O senhor veio me perguntar se Jean-Pierre escrevia, mas parece que já sabia disso. Que história complicada.

– Por isso preciso de sua ajuda para entendê-la.

Rouche dissera essas últimas palavras com grande emoção, como sempre que chegava ao âmago de sua investigação. Marina desenvolvera a capacidade de ouvir as intenções mais íntimas, mais reais, e entendeu que seu visitante abrigava uma esperança muito grande dentro de si. Então decidiu contar a ele o que sabia; e o que ela sabia era a história de sua própria vida.

10

Marina Brücke nasceu em 1929 em Düsseldorf, na Alemanha. Foi criada para sentir um amor desmesurado por sua pátria, e pelo chanceler. Viveu os anos de guerra dentro de uma bolha dourada e feliz, cercada de babás que substituíam seus pais. Eles quase nunca estavam em casa, participavam de recepções, viajavam e sonhavam. Sempre que voltavam, Marina se sentia no paraíso; brincava com a mãe e ouvia os conselhos do pai sobre como se comportar. A presença deles era rara, mas preciosa, e todas as noites Marina adormecia com a esperança de um beijo dos pais para atravessar a noite. Um dia, a atitude deles mudou radicalmente; subitamente, estavam sempre preocupados. Passavam pela filha sem prestar a menor atenção nela. Tornaram-se irascíveis, violentos, perdidos. Em 1945, decidiram fugir da Alemanha, deixando Marina, então com dezesseis anos, entregue à própria sorte.

Ela acabou indo parar num pensionato mantido por freiras francesas; as leis do convento eram estritas, mas não mais do que as que ela conhecera. Rapidamente, aprendeu a falar francês de maneira impecável e colocou toda energia em tentar apagar qualquer sotaque que revelasse sua origem. Aos poucos, descobriu a personalidade de seus pais, as atrocidades que tinham cometido; perseguidos e presos, cumpriam pena no subúrbio de Berlim. Marina entendeu que era o fruto do amor de dois monstros, que tinham tentado encher sua cabeça de ignomínias. Sentia-se suja por ter tido contato com tais pensamentos. Sentia nojo de ter sido uma criança. O ambiente do convento propiciou que anulasse sua personalidade na relação com Deus. Ela levantava ao nascer do sol, dirigia-se a uma potência superior, recitava suas orações, mas conhecia a verdade: a vida não passava de trevas.

Quando se tornou maior de idade, decidiu ficar no convento. Para falar a verdade, não sabia para onde ir. Não queria se tornar religiosa; ali, teria tempo para dar um sentido à sua vida. Os anos se passaram. Em 1952, seus pais foram soltos, em nome da reconstrução do país. E logo foram visitar a filha. Não a reconheceram, ela tornara-se uma mulher; ela não os reconheceu, tornaram-se sombras. Ela não deu ouvidos a seus arrependimentos e foi embora às pressas, deixando definitivamente o convento.

Marina queria ir para Paris, uma cidade que as freiras lhe descreviam com maravilhamento e que sempre a fazia sonhar. Ao chegar, compareceu à sede de uma associação franco-alemã de que ouvira falar. Uma pequena organização que tentava criar um laço entre os dois povos, oferecendo auxílio a quem precisasse. Patrick, um dos voluntários, tomou a jovem sob sua proteção e conseguiu um trabalho para ela num grande restaurante. Ela cuidava da chapelaria. Tudo ia bem, até o dia em que o proprietário descobriu que ela era alemã; chamou-a na mesma hora de "alemã maldita" e dispensou-a. Patrick tentou fazer com que o proprietário se desculpasse, o que o deixou furioso:

– E meus pais? Eles pediram desculpas por meus pais?

Aquela atitude não era rara. A guerra terminara havia apenas sete anos. Era complicado viver em Paris sem ser constantemente associada à barbárie. Mas ela não podia imaginar voltar para a Alemanha. Então Patrick sugeriu:

– Você deveria se casar com um francês, o problema se resolveria. Você fala sem sotaque. Com documentos, seria a perfeita francesa.

Marina admitiu que seria uma boa ideia, mas não via com quem poderia se casar; não havia nenhum homem em sua vida; para falar a verdade, nunca tivera um homem em sua vida.

Patrick não podia se candidatar, pois era noivo de Mireille, uma ruiva que oito anos depois morreria num acidente de carro.

Mas ele pensou em Jean-Pierre. Jean-Pierre Gourvec. Um bretão que ele conhecera durante o serviço militar. Um sujeito um tanto peculiar, bastante introvertido, solteiro, um excêntrico que passava a vida dentro dos livros – o tipo de pessoa que aceitaria uma proposta daquelas. Ele enviou uma carta para lhe expor a situação e Gourvec não demorou nem dez segundos para dizer que sim. Como seu amigo do serviço militar dissera, a tentação era grande demais: casar com uma alemã desconhecida soava tão novelesco!

O acordo foi fechado. Marina iria para Crozon, eles se casariam, ficariam um pouco juntos e ela iria embora quando quisesse. Diriam aos que fizessem perguntas que tinham se conhecido através de anúncios de jornal, que se apaixonaram trocando cartas. No início, Marina ficara preocupada. Era fácil demais para ser verdade. O que aquele homem pediria em troca? Dormir com ela? Transformá-la em criada? Ela atravessou a França com grande apreensão. Gourvec a recebeu sem grandes atenções e ela entendeu que suas angústias eram injustificadas. Achou-o encantador e tímido. Ele, por sua vez, a achou incrivelmente bonita. Nunca se perguntara sobre sua aparência, ele se casaria com uma desconhecida sem nunca ter pedido ao amigo que a descrevesse. Afinal, aquilo não importava: era um casamento de fachada. Mas a beleza daquela mulher o assombrara.

Ela se instalou em seu pequeno apartamento, que achou sinistro e atravancado de livros. As prateleiras pareciam frágeis. Ela não queria morrer esmagada pela obra completa de Dostoiévski, confessou. Uma frase que fez Gourvec rir – manifestação bastante rara em sua pessoa. O jovem bibliotecário contou aos dois primos (a família que lhe restava) que se casaria. O prefeito pediu a confirmação de ambos. O que fizeram atuando um pouco, mas a cerimônia não deixava de ser oficial e sentiram um inesperado tremor no coração.

11

Os recém-casados começaram a morar juntos. Rapidamente, Marina começou a demonstrar sinais de tédio. Gourvec, cliente da pizzaria dos Pick, constatara a gravidez de Madeleine e ofereceu a ajuda de sua mulher, e foi assim que Marina trabalhou como garçonete por algumas semanas. Como Gourvec, Pick não falava muito; felizmente, ela podia conversar um pouco com sua mulher. Logo confessou que era alemã. Madeleine ficou surpresa, pois não notara nada, mas o que mais a intrigara à época era o rosto pouco alegre da recém-casada – ela decerto não gostara de ter ido se enterrar no Finistère. Seu olhar mudava quando falava de Paris, com seus museus, cafés e clubes de jazz. Não era difícil adivinhar que logo iria embora; no entanto, sempre falava de Gourvec com palavras cheias de carinho, e um dia confessou: "É a primeira vez que conheço um homem tão gentil".

Era verdade. Sem ser extravagante, Gourvec enchia a mulher de atenções. Deixara o quarto para ela e dormia no sofá. Preparava o jantar com frequência e tentava fazê-la gostar de frutos do mar. Depois de alguns dias, ela passara a adorar ostras, embora antes não as suportasse. As pessoas sempre podem mudar, seus gostos não são irrevogáveis. Um dos segredos de Gourvec era olhar para Marina enquanto ela dormia; ficava maravilhado com seu jeito de menina comportada protegida por seus sonhos. Marina, por sua vez, às vezes abria um livro que Gourvec dizia amar; queria encontrá-lo em seu mundo, tentar dar um pouco de realidade à vida deles em comum. Não entendia por que ele não tentava seduzi-la; um dia, esteve a ponto de perguntar: "Não faço seu tipo?", mas não o fez. A convivência ente os dois se tornava o palco de duas forças antagônicas: uma atração progressiva reprimida por uma distância sempre respeitada.

Embora sonhasse voltar para Paris, Marina começou a pensar como seria sua vida na Bretanha. Poderia ficar com aquele homem reconfortante, de humor tão estável. Finalmente poderia dar um fim a seus medos, a sua cansativa busca por paz. No entanto, um dia anunciou a Jean-Pierre que logo partiria. Ele respondeu que era o combinado. Marina ficou surpresa com sua reação, que julgou fria, desprovida de afeto. Teria preferido que ele lhe pedisse para ficar um pouco mais. Algumas palavras podem mudar um destino. As palavras que Gourvec levava no fundo de si mesmo, mas que foi incapaz de pronunciar.

A última noite dos dois foi muito silenciosa; beberam vinho branco e comeram frutos do mar. Entre duas ostras, Gourvec ainda perguntou:

– E em Paris, você vai fazer o quê?

Ela respondeu que não sabia ao certo. No dia seguinte, iria embora, mas naquele momento não tinha certeza de nada; seu futuro lhe parecia tão nebuloso quanto uma miragem ao acordar.

– E você? – ela perguntou. Ele falou da biblioteca que queria criar ali. Aquilo sem dúvida exigiria meses de trabalho. Eles se separaram com essa conversa educada. Antes de dormir, abraçaram-se rapidamente. Foi a primeira e última vez que se tocaram.

No dia seguinte, Marina saiu cedo e deixou uma mensagem em cima da mesa: "Em Paris, comerei ostras e pensarei em você. Obrigada por tudo, Marina".

12

Eles tinham se amado, sem ousar dizê-lo um ao outro. Marina esperou em vão por um sinal de Gourvec. Os anos se passaram e ela acabou se sentindo totalmente francesa. Às vezes acrescentava, com uma ponta de orgulho: "Sou bretã". Trabalhou no mundo da moda, teve a sorte de conhecer o jovem Yves Saint Laurent, e estragou os olhos bordando por horas a fio os bustiês sofisticados dos vestidos de alta costura. Teve algumas aventuras, mas ficou mais de dez anos sem ter um relacionamento sério; várias vezes, pensou em visitar Gourvec, ou ao menos escrever-lhe, mas imaginou que ele provavelmente teria outra mulher. Mas ele nunca se manifestara sobre os papéis do divórcio. Como ela poderia imaginar que Gourvec nunca mais se relacionara com ninguém depois de sua partida?

Em meados dos anos 1960, ela conheceu um italiano na rua. Elegante, brincalhão, tinha um charme à la Marcello Mastroianni. Ela acabara de assistir ao filme de Fellini, *La Dolce Vita*, então viu naquilo um sinal. A vida podia ser bela. Alessandro trabalhava num banco que tinha sede em Milão mas uma filial em Paris. Viajava com frequência entre os dois países. Marina adorava a ideia de um relacionamento episódico. Era uma maneira de se iniciar no amor de maneira gradual. Sempre que ele estava em Paris, saíam, se divertiam, riam. Aos olhos dela, ele parecia um príncipe de conto de fadas. Até o dia em que ela engravidou. Alessandro agora precisava assumir suas responsabilidades e ficar com ela na França, ou ela poderia segui-lo à Itália. Ele disse que pediria uma transferência definitiva para Paris e pareceu louco de alegria com a ideia de ter um filho.

– E tenho certeza de que será um menino! Meu sonho!
E acrescentou:
– Ele vai se chamar Hugo, como meu avô.

Marina pensou em Gourvec naquele momento; precisaria entrar em contato com ele para o divórcio. Mas Alessandro era contra todas as convenções e considerava o casamento uma instituição ultrapassada. Então ela não disse nada, e viu sua barriga crescer, enchendo-se de promessas.

A intuição de Alessandro estava certa. Marina deu à luz um menino. Na hora do parto, Alessandro estava em Milão para acertar os últimos detalhes práticos de sua nova vida; na época, era comum os homens não participarem do parto; ele chegaria no dia seguinte, com certeza cheio de presentes. Mas no dia seguinte ele se apresentou sob outra forma – um telegrama: "Sinto muito. Já tenho uma vida em Milão, com mulher e dois filhos. Nunca esqueça que a amo. A.".

Assim, Marina criara o filho sozinha; sem família, e sem companheiro. E com a sensação de ser constantemente julgada. Uma mãe solteira era muito malvista à época; quando passava, as pessoas cochichavam. Mas ela não se importava. Hugo era sua coragem e sua força. A relação fusional entre eles era uma muralha contra tudo. Alguns anos depois, ela começou a enxergar cada vez pior; começou a usar óculos, mas seu oftalmologista foi bastante pessimista. Os exames médicos demonstraram que ela aos poucos perderia a capacidade de ver e um dia ficaria cega. Hugo, então com dezesseis anos, pensou: se minha mãe não me enxerga mais, preciso existir de outra maneira em sua mente. Então começou a tocar piano; sua presença seria musical.

Estudou com dedicação e venceu o primeiro lugar do concurso de entrada no Conservatório, mais ou menos na época em que Marina ficava completamente cega. Incapaz de trabalhar, ela assistia a todos os ensaios e concertos do filho. No início da carreira, ele decidiu usar Brücke como nome artístico. Era uma maneira de aceitar-se plenamente; aquela era a história de sua mãe e a história dele, e pertencia a eles. Brücke significava "ponte" em alemão. Marina percebeu então que sua vida era composta de pedaços esparsos, desconexos, como ilhas artificialmente unidas entre si.

13

Rouche ficou perplexo com aquele relato. Ao cabo de um instante, disse:

– Acho que Jean-Pierre Gourvec amou a senhora. Acho inclusive que ele a amou a vida inteira.

– Por que o senhor diz isso?

– Porque ele escreveu um romance, como eu disse. E agora sei que esse romance foi inspirado na senhora, em sua partida, em todas as palavras que ele não soube lhe dizer.

– Acha mesmo?

– Sim.

– E qual o título desse romance?

– *As últimas horas de uma história de amor.*

– Que bonito.

– Sim.

– Eu gostaria muito de lê-lo – ela acrescentou.

Nas duas manhãs seguintes, Rouche voltou a visitar Marina, para ler para ela o romance de Gourvec. Ele o fez lentamente. Às vezes, a velha senhora lhe pedia para repetir algum trecho. E fazia algum comentário: "Sim, eu o reconheço. É muito ele...". Quanto à parte sensual, imaginária, pensou que ele havia escrito aquilo que desejara viver. Ela, que há tantos anos estava mergulhada na escuridão, podia entender aquilo melhor que ninguém. Marina constantemente criava histórias, para de certo modo viver tudo o que não podia ver. Desenvolvera uma vida paralela parecida com a dos romancistas.

– E Púchkin? Vocês falavam sobre ele? – perguntou Rouche.

– Não. Não me diz nada. Mas Jean-Pierre adorava ler biografias. Lembro de me contar a vida de Dostoiévski. Ele gostava de conhecer o destino dos outros.

– Talvez por isso misturou a realidade com a vida de um escritor.

– É muito bonito, de todo jeito. A maneira que ele tem de narrar a agonia... Nunca imaginei que escrevesse tão bem.

– Ele nunca lhe falou de seu sonho de escrever?

– Não.

– ...

– E esse romance? O que houve com ele?

– Ele tentou publicá-lo, mas não conseguiu. Na minha opinião, ele esperava voltar para a senhora na forma de um livro.

– Voltar para mim... – repetiu Marina, com a voz embargada.

Tomado pela emoção da velha senhora, Rouche preferiu não mencionar a publicação do romance por enquanto. Ela não parecia ter ouvido falar do livro. Melhor que primeiro digerisse o que acabava de descobrir, e a leitura do romance. Rouche se preparou para ir embora e Marina pediu que se aproximasse. E segurou sua mão para agradecer-lhe.

Quando se viu sozinha, ela chorou algumas lágrimas. Mais uma ponte em sua vida. Aquela forma como o passado ressurgira, depois de décadas de silêncio. Por toda a vida, estivera convencida de que Jean-Pierre não a amara; fora generoso, adorável, terno, mas nunca demonstrara qualquer sinal do que sentia. O romance revelava seus sentimentos, que no fim tinham sido muito fortes, a ponto de ele nunca mais ter amado nenhuma mulher. Ela agora admitia que sentira a mesma coisa. Aquele amor havia existido, portanto, e talvez isso fosse o mais importante. Sim, havia existido. Da mesma forma que os relatos luminosos que ela criava em sua escuridão. A vida tem uma dimensão interior, com histórias que não se materializam na realidade, mas que não deixam de ser vividas.

14

Ao decidir investigar aquela história, cujo caráter obscuro pressentira, Rouche nunca imaginara que viveria tantas emoções. Mas ainda restava algo importante a fazer.

Em seu minúsculo apartamento, ele dormiu grande parte da tarde. Teve um sonho em que Marina comia ostras gigantes, que se transformavam numa Brigitte que gritava com ele por causa do carro. Acordou num sobressalto e constatou que a noite começava a cair. No computador, tentou organizar suas anotações; ainda não sabia a que jornal oferecer seu artigo, talvez ao que pagasse melhor, mas tinha certeza de que deixaria o meio literário em polvorosa com suas revelações. Mas não pretendia questionar a boa-fé da editora Grasset; ao que tudo indica, a editora sinceramente acreditara que Pick era o autor do romance.

Estava trabalhando havia quase duas horas quando recebeu uma mensagem no celular: "Estou no café embaixo de seu prédio. Espero por você, Joséphine". Sua primeira reação foi se perguntar como ela conhecia seu endereço, mas logo se lembrou de que lhe dissera onde morava durante a conversa noturna. Sua segunda reação foi pensar que poderia muito bem não estar em casa naquela noite. Era surpreendente alguém esperar na frente da casa de alguém sem avisar com antecedência. Mas pensou: a seus olhos, sou o tipo de homem que não tem mais nada para fazer além de ficar em casa à noite. Precisava reconhecer que ela não estava errada.

Ele respondeu: "Estou chegando". Mas levou mais tempo do que o previsto. Não sabia como se vestir. Não que quisesse impressionar Joséphine, mas não tinha vontade de causar má impressão. Bem no início, nas entrevistas, a achara tola. Quando a encontrara no cemitério, logo mudara de ideia. Estava pensando em tudo aquilo, na frente do guarda-roupa, afundando em sua incapacidade de escolher, quando recebeu uma segunda mensagem: "Desça como estiver, está ótimo".

15

Agora estavam bebendo uma taça de vinho tinto. Rouche teria preferido uma cerveja, mas decidiu acompanhar Joséphine. Durante sua tergiversação indumentária, ele se deixara sonhar que ela o procurara guiada por um impulso irresistível. Que talvez lhe confessasse sentir algo por ele. Não era a hipótese mais verossímil[1], mas mais nada podia surpreendê-lo. Depois de trocarem algumas palavras superficiais, que no entanto lhes permitiram passar para um registro mais informal, Joséphine explicou o motivo de sua vinda:

– Eu gostaria que você não publicasse seu artigo.

– Por que me pede isso? Pensei que você e sua mãe quisessem que a verdade fosse conhecida. Que estivessem cansadas de toda essa história.

– Sim, é verdade. Queríamos saber. E, graças a você, agora sabemos que meu pai não escreveu nenhum romance. Você não pode imaginar como ficamos transtornadas com toda essa história. Pensamos ter vivido ao lado de um desconhecido.

– Entendo. Mas a verdade será restabelecida, justamente.

– Pelo contrário, as coisas vão ficar ainda mais agitadas. Já posso imaginar os jornalistas: "E agora, como se sente ao saber que seu pai no fim não escreveu o romance?". Não vai acabar nunca. E vai ser humilhante para minha mãe, que foi à televisão para falar do livro. Seria ridículo.

– Não sei o que dizer. Pensei que fosse importante dizer a verdade.

---

[1]. Fazia muito tempo que uma mulher não dirigia trezentos quilômetros por ele sem avisar; para falar a verdade, isso nunca acontecera.

– Mas a verdade vai mudar o quê? Ninguém se importa. Que seja Pick ou Gourvec. As pessoas adoraram a ideia de que foi meu pai, e pronto. Deixemos as coisas assim. Senão, vai ser um problema.

– Como assim?

– Gourvec não deixou herdeiros. Grasset não nos pagará os direitos autorais.

– Ah, é por isso.

– É *também* por isso. Qual o problema? Mas garanto a você que, se fosse por menos dinheiro, eu diria a mesma coisa. Sofri demais com essa história, com suas consequências. Não quero mais que se fale sobre. Quero passar para outra coisa. É isso que vim pedir a você. Por favor.

– ...

– ...

– Sabe, conheci a mulher de Gourvec – continuou Rouche. – Vivi um momento comovente a seu lado. Li o romance para ela e ela entendeu que Gourvec realmente a amara.

– Viu só? Essa era sua missão. Que maravilha. Pode parar por aí.

– ...

– Se quiser, posso lhe dar um belo presente – disse então Joséphine, com um grande sorriso.

– Quer comprar meu silêncio?

– Você sabe muito bem que é o melhor para todo mundo. Então? Qual o seu preço?

– Preciso pensar.

– Diga alguma coisa.

– Você.

– Eu? Não sonhe. Sou cara demais. Precisaria vender muitos livros para conseguir me ter.

– Então... um carro. Você me compraria um Volvo?

A conversa se estendeu até o fechamento do café. Rouche se deixou convencer rapidamente. Sempre pensara que sua investigação levaria a uma transformação de sua vida. Era o que estava acontecendo, mas não do jeito que esperava. Havia uma grande cumplicidade entre eles. Joséphine disse que não tinha onde dormir. Como ele, fazia parte da tribo dos não-previdentes em matéria de alojamento. Subiram ao apartamento de Rouche, que não temeu o julgamento de uma mulher sobre seu lar. Deitaram lado a lado, dessa vez na mesma cama.

16

Na manhã seguinte, Joséphine convidou-o a acompanhá-la até Rennes. Afinal, Rouche não tinha mais nada que o prendesse em Paris. Poderia começar uma vida nova, talvez trabalhar numa livraria, ou escrever artigos para a imprensa local. Ele gostou da ideia de um novo começo. Dirigiram sem pressa, ouvindo música. Depois de algum tempo, pararam para beber um café. Degustando-o, perceberam que estavam apaixonados. Tinham a mesma idade e não tentavam parecer o que não eram. As primeiras horas de uma história de amor, pensou Rouche. Era maravilhoso beber um café intragável, num posto de gasolina sinistro, e achar que nada poderia ser melhor do que aquilo.

EPÍLOGO

1

Frédéric pousou a cabeça na barriga de Delphine, esperando ouvir batimentos cardíacos. Ainda era cedo demais. Faziam intermináveis listas de nomes. Seria difícil chegarem a um acordo, então o escritor fez uma proposta à mulher:
– Se for menino, você escolhe. Se for menina, eu escolho.

2

Alguns dias depois daquele pacto, Frédéric anunciou que finalmente terminara seu romance. Até então, não quisera mostrar nada à sua editora, pois preferia que ela lesse o livro já pronto. Com certa apreensão, Delphine pegou *O homem que disse a verdade* e se fechou no quarto. Menos de uma hora depois, saiu furiosa:
– Você não pode fazer isso!
– Claro que posso. Foi o combinado.
– Mas conversamos e você tinha concordado.
– Mudei de ideia. Preciso que todo mundo saiba. Não posso mais me calar.
– A coisa foi longe demais. Você sabe muito bem que perderíamos tudo.
– Você, talvez. Eu, não.
– O que quer dizer com isso? Somos um casal. Precisamos decidir juntos.
– É fácil para você. Você tem tudo.
– Estou avisando, Frédéric. Se decidir publicar esse livro, faço um aborto.
– ...
Ele ficou sem voz. Como ela ousava dizer aquilo? Colocar em jogo a vida do bebê por causa de uma diferença de opinião. Era asqueroso. Ela percebeu que fora longe demais e tentou voltar atrás. Aproximando-se de Frédéric, pediu desculpas. Mais calma, pediu-lhe que pensasse bem. Ele prometeu que o faria. No fim, o caráter odioso da chantagem que ela ensaiara o fez entender a que ponto ela tinha medo de perder tudo. E talvez não estivesse errada. Seria julgada por ter manipulado a todos daquela maneira.

Pior ainda: por ter feito uma velha senhora acreditar que seu marido escrevera um romance. Sua raiva sem dúvida era justificada. Mas ele precisava pensar em si mesmo. Era um sentimento legítimo. Não vinha se escondendo há meses? Mas só conseguia pensar naquilo: no dia em que todos descobririam a verdade. Finalmente saberiam que ele era o autor do romance que estava no topo das listas de mais vendidos. As pessoas sempre poderiam dizer que tinham gostado mais do romance sobre o romance, da história do pizzaiolo que escrevera em segredo absoluto. Talvez fosse verdade, mas sem seu texto não teria havido nenhum romance. E agora queriam que ele se calasse. Que permanecesse escondido atrás de sua criatura.

3

Tudo acontecera com tanta naturalidade. Vários meses antes, Frédéric acompanhara Delphine até Crozon pela primeira vez. Ele conhecera seus adoráveis pais, descobrira os encantos da Bretanha e passara todas as manhãs no quarto escrevendo. O título de seu livro era *A cama*, mas ninguém sabia ao certo de que se tratava. Frédéric sempre preferia trabalhar em segredo, pois achava que divulgar um romance em andamento era uma forma de esvaziá-lo. Estava terminando de escrever a história da separação de um casal, sobre o pano de fundo da agonia de Púchkin. Estava muito entusiasmado com a ideia e esperava que esse segundo romance fizesse mais sucesso que o primeiro; mas era pouco provável: com exceção de alguns autores, e não necessariamente os melhores, mais ninguém vendia livros.

Depois de uma conversa com os pais de Delphine, foram visitar a famosa biblioteca dos livros recusados – onde ele pensou em fazer as pessoas acreditarem que seu novo romance fora encontrado ali. Seria uma excepcional ideia de marketing. Depois que as vendas tivessem decolado, ele poderia anunciar ser o autor do livro. Compartilhou seu plano com Delphine, que o achou genial. Segundo ela, porém, era preciso atribuir um autor ao manuscrito; não um nome inventado ou pseudônimo, mas uma pessoa real. Nesse ponto, a sequência dos acontecimentos provaria que ela estava certa.

Foram ao cemitério de Crozon e escolheram um morto qualquer como autor do livro. Depois de hesitar um pouco, escolheram Pick, pois os dois gostavam de escritores que tinham K no nome. Pick morrera dois anos antes e não poderia contradizer aquela versão dos fatos. Mas a família precisaria ser avisada, para assinar o contrato. Com isso, ninguém imaginaria uma fraude. Frédéric pareceu surpreso, mas Delphine explicou:

– Você não receberá nada por este livro, mas depois que souberem que você o escreveu, todos falarão muito de você, o que repercutirá sobre seu próximo romance. É melhor ir até o fim nessa farsa. Ninguém além de nós dois pode saber.

Frédéric trabalhou com afinco para acabar seu romance. Achou que talvez a mãe de Delphine tivesse visto um rascunho do livro intitulado *A cama*. Por precaução, escolheu um novo título: *As últimas horas de uma história de amor*. E mudou a fonte do texto, utilizando uma que lembrasse a das máquinas de escrever antigas. O jovem casal imprimiu uma cópia do texto e tentou envelhecer o papel, danificar o manuscrito. Depois disso, voltaram à biblioteca com o famoso tesouro, que fingiram descobrir.

Diante da primeira reação de Madeleine, e de sua hesitação em acreditar na história que contavam, perceberam que seria útil plantar uma prova na casa. Assim, durante a segunda visita, Frédéric escondera o livro de Púchkin nas coisas de Henri Pick quando pedira para usar o banheiro. A sorte estava lançada. Mas eles nunca pensaram que despertariam tanto entusiasmo entre os leitores. A realidade superara todas as expectativas e, de certo modo, armara uma cilada para ambos. Delphine percebera isso depois do programa de François Busnel. Madeleine comovera tanto os telespectadores que não conseguiriam restabelecer a verdade sem serem considerados odiosos manipuladores. Aquilo era terrível para Frédéric, que não poderia revelar ser o autor do livro mais lido na França e precisaria se contentar com a imagem do romancista cuja única publicação não era conhecida nem pela mulher com quem ele vivera três anos. Exasperado com as ausências de Delphine, que, por sua vez, recebia toda a atenção e a glória pelo plano dos dois, Frédéric decidiu revelar tudo em seu novo romance. Contaria todos os detalhes do plano, é claro, e também mostraria como a sociedade valorizava muito mais a forma do que o conteúdo.

4

Frédéric aceitou as desculpas de Delphine e admitiu que os colocaria em perigo se revelasse tudo. Alguns dias depois, no início das férias de verão, decidiram viajar para Crozon.

De manhã, Frédéric ficava na cama tentando escrever um novo romance, mas tinha muita dificuldade. Às vezes saía para caminhar sozinho na praia. Pensava então nos últimos dias de Richard Brautigan, em Bolinas, na costa brumosa da Califórnia. O escritor americano, que fazia cada vez menos sucesso e sentia a glória declinar, mergulhou no álcool e na paranoia. Ficou vários dias sem dar notícias a ninguém, nem mesmo à filha. E acabou morrendo sozinho. Seu corpo foi descoberto em adiantado estado de decomposição.

Durante uma caminhada, Frédéric decidiu passar pela biblioteca de Crozon. O lugar onde tudo começara. Viu Magali, que lhe pareceu diferente, sem no entanto ser capaz de dizer o que mudara em sua aparência. Talvez estivesse mais magra. Ela o recebeu com entusiasmo:

– Bom dia, escritor!
– Bom dia.
– Como está? De férias?
– Sim. E com certeza vamos ficar vários meses. Delphine está grávida.
– Meus parabéns. Menino ou menina?
– Ainda não sabemos.
– Será uma surpresa, então.
– Sim.
– Está escrevendo um novo livro?

– Muito lentamente.
– Mantenha-me informada. Vamos querer algumas cópias, com certeza. Combinado?
– Combinado.
– A propósito, já que está em Crozon, o que diria de ministrar uma oficina de escrita?
– Eu... Não sei...
– Uma vez por semana, no máximo. No residencial geriátrico aqui ao lado. Eles ficariam muitíssimos orgulhosos de receber um escritor como você.
– Ah, vou pensar.
– Sim, seria incrível. Para ajudá-los a escrever suas memórias.
– Está bem, veremos. Bom, vou dar uma olhada nos livros. E provavelmente tirar algum.
– Fique à vontade – disse Magali, sorrindo, como se acabassem de lhe fazer um elogio.

Pensando na proposta que acabava de receber, Frédéric entrou na biblioteca. Quando seu primeiro manuscrito fora aceito, ele se imaginara cercado de admiradoras, recebendo prêmios literários, talvez até o Goncourt ou o Renaudot. Também se imaginara traduzido no mundo inteiro e viajando para a Ásia ou para a América. Os leitores esperariam seu novo romance com impaciência e ele seria amigo de outros grandes escritores. Frédéric tinha pensado naquilo tudo. Mas nunca imaginara que acabaria ajudando idosos a escrever suas memórias, numa cidadezinha nos confins da Bretanha. Surpreendentemente, aquela ideia o fez sorrir. Quis logo compartilhá-la com Delphine – gostava tanto de estar com ela. E ele seria pai. Frédéric percebeu, com mais força do que nunca, que aquilo o enchia de alegria.

5

Alguns minutos depois, ele tirou da mochila o manuscrito de *O homem que disse a verdade* e o guardou na biblioteca dos livros recusados.

lepmeditores
www.lpm.com.br
o site que conta tudo

IMPRESSÃO:

PALLOTTI
GRÁFICA

Santa Maria - RS | Fone: (55) 3220.4500
www.graficapallotti.com.br